은해상단 막내아들 13

초판 1쇄 발행 2024년 6월 20일

지은이 ǀ 향란
발행인 ǀ 최원영
편집장 ǀ 이호준
편집디자인 ǀ 최은아
영업 ǀ 김민원 조은걸

펴낸곳 ǀ ㈜ 디앤씨미디어
등록 ǀ 2002년 4월 25일 제20-260호
주소 ǀ 서울시 구로구 디지털로32길 30 코오롱디지털타워빌란트 1301-1308호
전화 ǀ 02-333-2513(대표)
팩시밀리 ǀ 02-333-2514
E-mail ǀ papy_dnc@dncmedia.co.kr
블로그 ǀ blog.naver.com/gnpdl7

ISBN 979-11-364-5416-4 04810
ISBN 979-11-364-4602-2 (SET)

※ 저자와 협의하여 인지는 붙이지 않습니다.
※ 이 책은 ㈜ 디앤씨미디어(파피루스)가 저작권자와의 계약에 따라 발행한 것으로 본사와 저자의 허락 없이는 어떠한 형태나 수단으로도 내용을 이용할 수 없습니다.

13

향란 신무협 장편소설

은해상단 막내아들

64장. 뜻밖의 손님 ·················· 7

65장. 하북성으로 ·················· 49

66장. 투자는 과감하게 ·················· 91

67장. 시문 도둑 ·················· 163

68장. 갱생전문 정인학관 ·················· 273

뜻밖의 손님

드디어 은해상단의 본단의 모습이 보였다.
뒤에서 말을 타고 따라오던 여응암 무사가 명종 무사와 창운 무사에게 말했다.
"저곳이 우리 은해상단 본단이라네."
"네?"
"저곳이 말입니까?"
그들은 깜짝 놀라 반문했다.
"생각보다 엄청 크군요."
두 무사는 우리 상단에 대해 들어 본 적이 있다고 했는데, 그 반응을 보니 그냥 이름만 들어 본 듯했다.
그러니 본단의 모습을 보고 저렇게 놀라지.
"당연히 크지! 이 호북성에서 둘째가는 상단이니까!"
아직은 두 번째지만, 머지않아 호북제일의 상단이 될

거다.

그렇게 희망찬 각오를 다지며 본단 차장으로 들어갔다.

"워워!"

마부가 말을 멈추었다.

팔갑이 얼른 마차에서 내려 발받침대를 펼쳤다.

마차에서 내리자, 모든 가족들이 나와서 우리를 환대해 주었다.

"잘 다녀왔느냐?"

조부님의 부드러운 물음에 부모님과 나는 예를 갖춰 인사했다.

"소자, 잘 다녀왔습니다."

"무사히 다녀왔습니다. 아버님."

"소손, 다녀왔습니다."

"모두 무사하니 다행이구나."

조부님께 인사를 드린 나는 시선을 옆으로 돌렸다. 진호 형과 두 형수님도 건강해 보이시네.

지금 정호 형은 북경 지부를 건립하는 일을 살피는 중이라 북경에 있다.

내가 북경으로 가면, 정호 형이 본단으로 다시 돌아오겠지.

북경지부 건립은 무척 중요한 일이기에 소단주 중 하나가 반드시 붙어 있어야 했다.

그렇게 인사를 마치고 부모님과 조부님께서는 안으로

들어가셨다.

 건혁이와 보연이는 다행히 내 얼굴을 잊어버리지 않았다. 나를 보자마자 까르르 웃는 것을 보니 말이다.

 그걸 본 팔갑이 뭐라 중얼거렸지만······.

 그나저나 혼자 있는 큰 형수님을 보니까 뭔가 미안하네. 얼른 북경에 가서 정호 형이랑 교대해야겠다.

 "야, 좋았냐?"

 진호 형의 물음에 나는 고개를 갸웃했다.

 "뭐가?"

 "몰라서 묻냐? 이번 용봉비무회 말이야. 아······ 나도 보고 싶었는데."

 뭔가 시무룩한 강아지를 보는 것 같은 표정에 살짝 죄책감이 느껴졌다.

 하지만 생각해 보면 내가 가서 다행이었다.

 이전 삶과 달리, 어머니께서 관람하셨던 용봉비무회이다. 그런 상황에서 진호 형은 이전 삶처럼 어골분과 석회가루를 가지고 오느라 비무를 보지 못했을 터.

 만약 어머니께 무슨 일이라도 생겼다면······.

 생각만 해도 끔찍했다.

 그러나 이제는 일어나지 않은 일이니 상관없다.

 나는 빙긋 웃으며 답해 주었다.

 "좋았지. 아, 이번에 향옥 누님도 출전했더라고."

 "향옥이가?"

 "아미파 제자들과 함께 왔었거든. 그래서 본선 삼 차전

인가? 거기까지 올라갔어."

"와우, 대단한데?"

"다음에 만나면, 축하한다느니 그런 말은 하지 마."

"왜?"

"안타깝게 떨어져서 열 받았거든."

"윽!"

향옥 누님의 성격을 아는 진호 형은 움찔했다.

"말해 줘서 고맙다. 그래서 결과는 어떻게 됐냐?"

"아, 이번에 우승자는 하북팽가의 팽강운 소협이고 준우승자는 제갈유아 소저야."

"그래? 제갈세가의 소저가 준우승이라고?"

진호 형은 하북팽가의 팽강운 소협이 우승했다는 말보다 제갈세가의 소저가 준우승했다는 것에 더 놀라워했다.

진호 형도 아는 거다.

제갈세가의 무력은 그다지 주목받지 못한다는 것을.

"그런데, 뒤에는 처음 보는 얼굴인데?"

나는 두 무사를 형에게 소개했다.

"내 호위대의 일원이 될 이들이야. 화산파와 종남파의 무인인데 사정이 있어서 내가 데리고 있기로 했어."

"그렇구나."

나는 그들에게 진호 형을 소개했다.

"제 둘째 형님이십니다."

"은진호라고 합니다."

"잘 부탁드립니다. 명종입니다."
"창운이라고 합니다. 잘 부탁드립니다."
진호 형은 그렇게 인사를 나누고는 내 어깨를 툭툭 쳤다.
"피곤할 텐데, 어서 가서 쉬어."
"응."
나는 모두와 함께 내 별당으로 향했다. 그나저나 이제 호위가 여섯이나 되니까 별당에서 모두가 지내기는 좀 힘들겠군.
아무래도 내 이전 삶에서처럼 별당 옆에 따로 건물을 지어야 할 듯했다.

나는 내 방 안으로 들어왔다.
먼지 하나 없는 것을 보니, 내가 돌아온다는 말을 들은 하인과 하녀가 열심히 청소한 듯했다.
오랜만에 집에 돌아오니, 뭔가 기분이 이상했다.
하지만 그건 결코 나쁜 의미의 이상함이 아니었다. 마치 그리웠던 무언가를 마주한 기분.
결론은 하나다.
역시 집이 최고라는 것.

.

.

.

그날 저녁, 나는 고일평 외총관을 찾아갔다.

명종 무사와 창운 무사의 훈련을 부탁하기 위해서다.
"어서 오십시오."
집무실에 들어가자, 외총관이 나를 호탕한 미소로 맞아 주었다.
"허허허! 용봉비무회의 영웅 선협미랑 공이 이렇게 누추한 곳을 찾아 주시다니, 영광입니다!"
아직 하루도 지나지 않았는데 벌써 그 이야기가 외총관의 귀에 들어가다니!
아버지…….
"그만 놀리십시오. 안 그래도 지금 부담스럽고 쑥스럽습니다."
"허허허! 전혀 안 그러신 거 압니다. 오히려 그 영웅이라는 칭호를 어찌 써먹을지 이리저리 머리를 굴리고 계시겠지요."
"……."
젠장, 외총관은 나를 너무 잘 안다.
"그래서, 이곳까지 어인 일이십니까?"
"사실 이번에 낙양에서 두 무사를 거두게 되었습니다."
나는 그에게 자세히 상황을 설명했다. 다른 이들은 몰라도 외총관은 이에 대해 알고 있어야 했으니까.
"음, 그러니까 파문당하기 직전에 그들을 구해 냈다는 말씀이군요."
"네."
잠시 탁자를 두들기던 외총관이 고개를 끄덕였다.

"알겠습니다. 잘 가르치도록 하겠습니다."

"부탁드립니다. 아, 그리고 훈련 시간은 삼 개월 정도는 필요할 것 같습니다. 실전이 많이 부족합니다."

"그렇다면 소단주님 말씀대로 삼 개월 정도 훈련이 필요하겠군요."

그렇게 이야기를 마치고 자리에서 일어났다.

"소단주님."

갑자기 외총관이 내게 포권하며 고개를 숙였다.

이에 나는 놀라서 손을 내저었다.

"왜 그러십니까? 어서 고개를 드십시오."

"아닙니다. 저는 지금 소단주님께 감사를 드리는 겁니다. 만약 이번 용봉비무회 때의 일로 인해 상단주 내외께서 대경할 일을 당하셨다면……."

"……."

"저는 제가 입은 은혜를 갚지 못할 뻔했습니다."

외총관은 말을 이었다.

"하여, 소단주님께 감사드립니다. 이 은혜를 잊지 않겠습니다."

이것 참, 외총관에게 감사를 받을 줄은 몰랐는데.

조금 민망하지만, 기분이 나쁘진 않다.

다시 고개를 든 외총관이 말했다.

"두 무사는 어디에 있습니까?"

"아, 지금 저 앞에 있습니다."

"빠르시군요."

뜻밖의 손님 〈15〉

우리는 외총관의 집무실을 나섰다.

그 앞에는 진유 무사와 여응암 무사가 명종 무사와 창운 무사를 데리고 서 있었다.

"내 이름은 고일평. 은해상단의 외총관이자 은풍대의 대주이네."

"처음 뵙겠습니다. 명종입니다."

"처음 뵙겠습니다. 창운입니다."

그들은 포권하여 예를 갖추었다.

"내일부터 자네들은 석 달 동안 은풍대에서 훈련을 받아야 하네. 그래야만 은해상단 식솔들의 호위가 될 수 있으니까. 그러니 정진하게나."

"알겠습니다."

"그리하겠습니다."

외총관은 고개를 끄덕였다.

"지금은 서럽고 앞날이 걱정되고 그럴 거야. 자네들의 마음을 모르지 않네. 그래도 이왕 이리되었으니 열심히 해 보게나. 그러다 보면 자네들의 이름이 무림을 진동시킬 수도 있네. 내가 일검진천이라는 명호를 얻은 것처럼 말이지."

일검진천이라는 말에 두 무사의 눈빛이 반짝였다.

그만큼 고일평 외총관의 명호는 무림에서도 제법 알려져 있었다.

그나저나 외총관의 말에 의하면, 외총관 역시 두 무사와 비슷한 상황이었다는 건데…….

그래서 아버지가 두 무사를 거두는 것을 반대하지 않으셨구나 싶었다.

.

.

.

다음 날.

오랜만에 별당 마당에서 운기조식을 했다.

아직 사부님께서 돌아오셨다는 전갈이 오지 않았으니, 오늘은 개인 수련이다.

그렇게 배웠던 것들을 하나씩 되새겼다.

사부님께 실력이 퇴보했다는 말은 듣지 말아야 했으니까.

아침 수련을 마치고 씻고 식당으로 향했다.

"영웅께서 오셨군요!"

장난기 가득한 진호 형의 목소리에 나는 한숨을 내쉴 수밖에 없었다.

"아, 형!"

"왜? 영웅 맞잖아. 용봉비무회의 영웅! 여기 이렇게 서책에도……."

그 서책은 일전에 팔갑이 보던 [삼십육회 용봉비무회 신진 영웅들]이라는 서책이었다.

"그건 또 어떻게 구한 거야?"

"어떻게 구하긴, 윤 행수에게 부탁했지."

"그런 서책이 있다는 건 어떻게 안 거야?"

뜻밖의 손님 〈17〉

"당연히 알지! 내 서가에 십오 회부터 있는데."
"……."
"여기 당당하게 적혀 있더라? 선협미랑 은서호 대협, 백접검웅 서우 대협이라고."
"윽!"
내가 썩은 배추 씹은 표정을 짓자, 가족들은 그런 내 표정이 웃겼는지 웃음을 터트렸다.

식사를 마친 후, 나는 오랜만에 은월각 회의에 참석했다.
예상대로 오늘 회의의 화두는 내가 용봉비무회의 영웅이 된 일이었다.
"비무회에 참석도 하지 않으시고, 영웅이 되셨다니!"
"이는 무림 역사에 길이 남을 일입니다."
"맞습니다."
에휴…… 놀리는 데 진심이시네.
"그러고 보니 사천지부장의 장녀가 본선에 진출하여 우수한 성격을 거두었다던데, 축전을 보내야 하지 않겠습니까?"
"그건 그렇지. 적 각주."
아버지의 말에 적병철 각주가 고개를 숙였다.
"예, 축전을 보내도록 하겠습니다."
"그럼 회의를 시작하도록 하지."
이에 먼저 입을 연 자는 유소악 내총관이다.

"이번 해의 소출이 아무래도 심상치 않습니다. 셋째 소단주님의 말씀대로…… 흉년이 예상됩니다."

지금은 시월 중순.

추수가 거의 끝났을 시기이다.

"역시 그런가?"

"물론, 저희의 경우 쌓아 놓은 미곡이 많아서 몇 년은 걱정 없지만 이렇게 되면 소비심리가 위축될 겁니다."

내총관의 말에 상유각주가 고개를 끄덕였다.

"내총관님의 말대로, 소비심리가 위축된다면 내년 상단의 성장은 거의 불가능하다고 봐야 합니다."

흉년으로 인해 소비심리가 위축되면 그만큼 주머니를 열지 않을 테니까.

"그럼 이에 대한 대책은?"

아버지의 물음에 상유각주가 말했다.

"돈 많은 이들을 공략할 수밖에 없습니다. 흉년이라고 해도 지주들은 먹고살 만할 테니까요."

"그렇겠지."

나는 손을 들었다.

"의견이 있습니다."

"그래, 무엇이냐?"

"우선, 저희 상단이 보유하고 있는 연화루에 예기들을 보충하는 것이 좋겠습니다."

"예기들을?"

"네. 흉년이 극심해지면 항상 나라에서 내리는 것이 있지 않습니까? 금주령 말입니다."

"아!"

"그러니 술 없이도 유흥을 즐길 수 있도록 해야 합니다."

"그렇겠구나."

그때 진호 형이 중얼거렸다.

"하아, 그럼 술을 마시지 못한다는 건가? 아쉽네."

"어? 술 끊은 거 아니었어?"

"그냥 줄인 거야."

"걱정하지 마. 금주령이 끝나면 온 제국의 모든 술을 다 맛볼 수 있게 해 줄 테니까."

"응?"

나는 말을 이었다.

"아마 이번 금주령은 제법 오래갈 겁니다. 그럼 가장 괴로워할 이들이 누구일까요?"

"양조업자들이지?"

"저는 폐업하는 양조업자들을 은해상단 아래로 모았으면 합니다. 저희 은해상단이 삼사 년 장사 하고 말 건 아니잖습니까?"

내 말에 아버지가 눈을 빛냈다.

"흉년이 지나간 이후를 대비하자는 뜻이구나?"

"그렇습니다. 미리 투자를 해 두어야 밝은 앞날을 기대할 수 있지 않겠습니까?"

내가 그리 주장하는 건, 물론 내가 방금 말한 이유도

있었지만 진짜 이유는 따로 있었다.

 흉년이 길어지자, 황궁에서는 외국과 거래하여 곡식을 사 오도록 상인들에게 명했기 때문이다.

 그리고 외국의 이들이 가장 좋아했던 건, 제국의 다양한 술이었다.

 하지만 그때는 이미 수많은 양조장이 폐업하고, 양조업자들이 뿔뿔이 흩어진 탓에 꽤나 애를 먹었다.

 그런 와중에 무림 세가의 술을 가지고 백천상단이 무역을 주도하며 제법 짭짤하게 벌었다.

 그 덕분에 천하 백대 상단 중에 이 위까지 치고 올라갔지.

 금주령을 생각하니, 항주의 주루들이 생각나네.

 양양무관을 내쫓고, 그 자리에 주루를 세운 성가장의 성준 장주도 생각났다.

 그리고 보니 성준 장주가 세우고 있는 주루의 건설 속도가 영 지지부진하다고 했었지.

 그만큼 자금이 달린다는 의미다.

 항주에도 한번 시간을 내서 가 봐야겠군.

 그런 생각들을 하자 한숨이 흘러나왔다.

 해야 할 일은 많은데, 일단 북경 지부부터 완공해야 하니까.

 "네 말이 맞다."

 아버지께서 고개를 끄덕이셨다.

 "그리고 솔직히 말하면 네 조언이 있었기에 우리가 이

렇게 느긋하게 의논을 할 수 있는 거겠지. 네 조언이 아니었다면 우리 역시 빡빡한 살림살이 때문에 골머리를 썩었을 거다."

아버지의 말에 모두 고개를 끄덕였다.

그렇게 회의는 내 제안대로 계획을 세우고 실행해 보기로 결론이 나왔다.

"그건 그렇고, 다음 달이 네 생일이구나."

그렇다.

십일월에는 내 생일이 있었고, 이번 생일이 지나면 나는 스물한 살이 된다.

"혹시 원하는 게 있느냐?"

그 물음에 잠시 뭔가를 생각한 나는 고개를 끄덕였다.

"네, 아버지, 소자 원하는 게 있습니다."

내 말에 아버지가 고개를 갸웃했다.

내가 이렇게 적극적으로 내 생일날 원하는 것이 있다고 한 적이 처음이니 의아하신 거다.

"그래, 네가 원하는 것이 무엇이냐?"

"제 생일날, 제 생일 연회를 좀 더 성대하게 열었으면 좋겠습니다."

"생일 연회를 성대하게 열고 싶다라……."

아버지는 그렇게 중얼거리며 미소 지으셨다.

"그래, 네 진의가 무엇이냐?"

알아차리신 거다. 내가 생일 연회를 성대하게 열고 싶다는 말에 숨겨진 진의가 있음을.

"흉년으로 인해 힘든 건 일반 백성이라든지 가난한 이들입니다."

"그렇지."

"그런 자들까지 한 상 거하게 먹인다면, 나중에 무슨 일이 생길 때 저희 가문은 무사하지 않겠습니까?"

나는 말을 이었다.

"자고로 짐승도 먹을 것을 준 자는 물지 않는다고 했습니다. 흉년이 길어지면 크든 작든 민란이 일어나기 마련입니다."

이전 삶에서는 상당히 큰 민란이 일어났었다.

이번에는 내가 황제에게 조언한 덕분에 황실에서 만반의 준비를 했지만, 그 손길이 제국 전체에 닿는 건 힘든 일이니까.

그리고 이런 때를 노리고 세 치 혀로 백성들을 현혹하는 놈들이 꼭 있단 말이지.

"그럴 때 밥 한 끼 얻어먹은 것이 저들에게는 큰 고마움으로 다가올 겁니다."

"하지만 그런 인의를 가졌다고는 볼 수 없는 이들도 있다."

"그렇겠죠. 그건 뭐 어쩔 수 없는 것 아니겠습니까? 자기 팔자는 자기가 꼬는 거니까요."

내 말에 아버지는 고개를 끄덕였다.

"그건 그렇지."

세풍각주님을 비롯한 다른 분들도 모두 웃음을 터뜨리

며 칭찬했다.

"허허, 셋째 소단주님께서는 본인의 생일마저도 이 은해상단을 위한 것으로 여기시다니! 감격해서 눈물이 나올 듯합니다."

"이래서 사람들이 선협미랑, 선협미랑, 하는 건가 보네요."

"허허! 역시 용봉비무회가 낳은 영웅이지!"

"저는 예전부터 알았습니다."

"영웅의 아버지라니, 허허, 좋구먼."

"……."

왜 이렇게 저를 놀리는 데 진심이신 겁니까?

그렇게 푸념하고 싶었지만, 그분들의 눈빛에 자랑스럽다는 감정이 보였기에 쑥스럽게 웃고 말았다.

.

.

.

어느덧 시간이 흘러 내 생일이 며칠 앞으로 다가왔다.

그동안 나는 이런저런 일을 하느라 분주하게 돌아다녔는데, 가장 많은 시간을 할애한 건 공밀과의 협업이었다.

그간 내가 고민했던 기물들에 대해 공밀과 논의했고, 제작이 가능할 것 같다는 답변을 받았다.

그리고 공밀은 행동파답게 내가 의뢰한 기물의 견본을 사흘 만에 만들어 왔다.

확실히, 천재다.

이런 천재를 그딴 식으로 부려 먹어서 과로사하게 만들다니!

아무리 생각해도 진견상단주는 너무 편하게 저세상으로 보내 준 것 같다.

그나저나 이제 슬슬 공밀에게도 제자 비슷한 이들이 필요할 것 같은데?

혼자서 그 많은 기물을 제작하는 건 무리였으니까.

문제는 기밀이 유출될 수 있다는 건데…….

기밀을 유지하면서 공밀에게 부담을 덜어 줄 수 있는 그런 방법은 없으려나……

그런 고민을 하면서 길을 걸어갔다.

지금은 서가에 있는 잡화점 노인을 만나러 가는 길이었다.

노인은 상점 앞에 앉아 따뜻한 햇볕을 쬐고 계셨다.

"오랜만에 뵙습니다."

"그래서 영웅이 된 기분은 어떠냐?"

"어휴, 어르신까지 왜 그러십니까? 안 그래도 주변 사람들에게 실컷 놀림을 당했습니다."

내 하소연에 노인은 흐흐 웃었다.

나는 간단한 근황을 주고받고는 옷소매에서 초대장을 꺼내어 내밀었다.

"이번에 제 생일 연회가 있습니다."

노인은 내가 내민 초대장을 보며 고개를 갸웃했다.

"요즘 흉년으로 인해 민심이 흉흉해지고 있는 것을 네

가 모르는 것도 아니고…… 무슨 생각이냐?"

역시 어르신이다.

나는 빙긋 웃으며 말을 이었다.

"저는 제 생일만큼은 이 근방에 배고픈 사람들이 없었으면 좋겠습니다."

내 대답에 노인은 피식 웃었다.

"영악한 놈."

"칭찬으로 듣겠습니다."

"그래도 실속 없는 영웅보다는 낫구나."

역시 어르신이다. 내 의중을 알아차리신 듯했다.

잠시 생각하시던 노인이 말했다.

"이왕이면 거지들도 잘 먹이도록 해라."

어르신은 결코 허튼 말씀은 하지 않으신다. 이유가 있다는 거지.

"조언 감사드립니다."

내 말에 노인은 고개를 끄덕이더니, 말했다.

"그나저나 마침 잘 왔다."

노인은 자리에서 일어나시더니 안으로 들어가셨다. 그리고 잠시 후 주머니 하나를 들고나오더니, 그걸 내게 내밀었다.

"받아라."

"뭡니까?"

"저번에 전 호부상서와 공부상서가 반란을 일으켰을 때 네가 큰 공을 세웠다고 들었다."

아…….
"그리고 도박장에 대한 좋은 의견도 냈다지?"
나는 뒷목을 긁적였다.
"그에 대한 감사의 의미로 나에게 맡기신 거다."
주머니를 열어 보니 제법 거액의 전표가 들어 있었다.
나는 조심스럽게 물었다.
"제가 받아도 되는 겁니까?"
"물론이지. 그분은 공짜가 없으시니까."
나는 잠시 고민하다가, 씨익 웃으며 주머니를 받아 옷소매에 집어넣었다.
"감사하다고 전해 주십시오."

* * *

십일월의 어느 날.
호북성 숭양현은 오늘따라 떠들썩했다. 그건 은해상단 셋째 소단주 은서호의 생일 연회 때문이었다.
며칠 전부터 그 누구든 와서 연회를 즐기라는 내용의 방이 곳곳에 붙었다.
솔직히 그렇게 방을 붙여 놓는다고 해도 일반 사람들은 부담스러워서 갈 생각을 하지 못하는 것이 보통이다.
은해상단에서는 이를 알아차리고는 부담스러워하는 이들과 멀어서 오지 못하는 이들을 위한 장소를 따로 마련해서 연회를 베풀었다.

덕분에 숭양현 곳곳에서는 수많은 이들이 배불리 먹고 마실 수 있었다.

가난한 이들 중에는 소작농들도 있다.

풍년이라고 해도 그들의 수중에 들어오는 곡식은 얼마 없었다.

그러니 흉년일 때는 어떻겠는가?

날품팔이로 하루하루 연명하고 있는 그들이기에 연회에 참석할 생각은 하지도 못했다.

고단한 하루를 마치고 돌아왔을 때 은해상단의 직원이 집집마다 따뜻한 음식을 가지고 방문했다.

"이, 이건 무엇입니까?"

"은해상단에서 보내는 겁니다."

"은해상단에서 왜 이걸?"

"오늘은 은서호 소단주님의 생신인데, 자신의 생일날 적어도 숭양현 내에서는 굶는 자가 없었으면 좋겠다고 하셔서 이렇게 음식을 마련했습니다."

"정말, 그냥 받아도 되는 것입니까?"

"물론입니다. 공짜로 받기 뭣하시면 은서호 소단주님의 만수무강과 은해상단의 발전을 위해 기원이나 해 주십시오."

"알겠습니다. 내 반드시 그리하겠습니다."

소작농들은 쫄쫄 굶고 있던 아들딸의 입에 맛있는 음식이 들어가는 것을 보며 눈시울을 붉혔다.

* * *

날이 저물어 가고 있었다.

아침부터 시작된 내 생일연회를 흥겹게 해 주는 건 오직 악사들의 음악뿐이다.

무희들을 초대할 돈을 아껴 그 돈으로 음식을 마련했으니까.

게다가 생각지도 못한 황제의 포상금 덕분에 음식을 더 넉넉하게 마련할 수 있었다.

그나저나 내가 준비한 음식을 먹고 탈이 나는 사람은 없겠지?

이번에 모든 이들에게 음식을 돌렸고, 잡화점 노인의 조언을 받아 소외된 걸인들에게까지도 음식을 돌렸다.

사실, 그 조언이 없었어도 그럴 생각이었지만 말이지.

오랫동안 기름진 것을 먹지 않다가 기름진 것을 먹으면 탈이 나기 마련이고, 심하면 목숨을 잃을 수도 있다.

그래서 속을 보하는 음식을 먹어야 탈이 나는 것을 막을 수 있다.

그래서 맛있으면서도 속을 보할 수 있는 음식들로 준비하긴 했다.

"생일을 축하하네."

"와 주셔서 감사합니다."

나는 예를 갖추어 인사를 주고받았다.

"들었네. 숭양현의 모든 이들에게 음식을 돌렸다고."

"별 것 아닙니다. 그저 제 생일날 굶는 자들이 없었으면 하는 마음이었습니다."

"역시 선협미랑이야!"

"……."

이제 적응될 때도 되었는데 영 적응이 안 되는 명호네.

상인들에게 생일 연회는 기회의 장이었다.

특히 우리처럼 규모가 크고 이름 있는 상단이라면 수많은 이들이 모여든다.

인근의 유력자들이 모이는 만큼 긴밀한 대화를 나눌 기회를 얻을 수 있었으니까.

게다가 이번에 용봉비무회에서 영웅의 칭호를 얻게 된 덕분인지 생각보다 더 많은 이들이 모여들었다.

그때였다.

"헉! 저, 저분은!"

"아니! 저분이 여기는 어떻게?"

저쪽에서 웅성거리는 소리가 들렸다.

아직 그 사람이 보이지 않았지만, 나는 웅성거림의 이유를 알아차렸다.

익숙한 기운이지만, 지금 이곳에서 느껴질 리 없는 기운이 느껴졌기 때문이다.

태음빙해신공을 익혔기에 기운을 느끼는 것에 민감해진 덕분이다.

잠시 후, 서우 무사와 진유 무사도 무슨 일인지 알아차린 듯했다.

곧 저쪽에서 한 건장한 사내가 모습을 드러냈다.

"……."

그의 이름은 팽강운.

이번 용봉비무회의 우승자이다.

아니, 저 소협이 여기는 왜 온 거지?

대체 무슨 일인지 짐작도 되지 않았다. 아무리 생각해도 그가 내 생일 연회에 올 이유가 없었으니까.

하지만 이를 내색하지 않고, 환하게 웃으며 그를 맞아 주었다.

"이런 누추한 곳에 무림의 새 영웅께서 발걸음을 해 주시니, 감사할 따름입니다."

"누추하다니, 무슨 말씀이십니까? 용봉비무회에서 수많은 이들의 인명을 구한 영웅이 계신 곳이며, 영웅의 생신 연회입니다. 누추하다는 말씀은 거두어 주십시오."

정중히 예를 갖춰 내게 인사하는 팽강운 소협.

그런 그의 얼굴에는 가식이 보이지 않았다.

그래서 더더욱 상대의 진의를 파악하기 어려웠다.

제갈유아 소저에게 손을 내밀어 주거나, 넘어질 때 머리가 다치지 않게 발등을 내준 것을 보면 배려도 있고 예의 바른 자인 것 같은데…….

그리고 지금 나에게 말하는 것도 그렇고……

정말, 단순히 내 생일을 축하하기 위해 온 건가?

그때 아버지가 다가오시더니, 그에게 웃으며 물었다.

"아니, 여기까지는 무슨 일인가? 내가 직접 팽가에 찾

뜻밖의 손님 〈31〉

아 간다고 하지 않았나?"

"하하하, 맞습니다. 하지만 어찌 영웅의 부친께서 직접 저를 찾아오게 합니까? 하여 제가 직접 찾아뵈었습니다."

"그랬구려. 이쪽으로 오게나."

아버지께서는 그를 데리고 접빈실로 향하셨다.

.

.

.

내가 그를 마주한 건 다음 날이었다.

그가 정식으로 나에게 만남을 요청했기 때문이다.

아침을 먹고, 은월각 회의에 참석한 후 곧바로 접빈실로 향했다.

잠시 기다리고 있으니, 팔갑이 팽강운 소협을 데리고 접빈실로 왔다.

"도련님, 팽 소협을 모시고 왔습니다요."

"어서 안으로 모시도록 해."

"알겠습니다요."

문이 열리고 팽 소협이 들어왔다. 그 뒤를 따라 접빈실을 담당한 시녀가 들어왔다.

"혹시 원하시는 다과가 있으시면 말씀해 주세요."

"가리는 것 없으니, 아무거나 주시면 됩니다."

그의 말에 시녀는 고개를 조아리며 나갔고, 잠시 후 다과를 가지고 들어와 우리 앞에 놓았다.

"드시지요."

"감사합니다."

내 권유에 그는 다과를 먹으며 나와 이런저런 이야기를 했다.

그러던 중, 나는 뭔가 이상한 낌새를 눈치챘다.

그가 팔을 들며 드러난 옷소매 안쪽에 피부 발진이 보였기 때문이다.

저건 아무리 봐도 음식에 대한 거부 반응인데?

사람들 중에는 특정 음식에 대한 거부 반응을 보이는 경우가 종종 있었다.

심하면 목이 부어올라 호흡곤란으로 목숨이 위험할 수도 있다.

대표적인 음식으로는 호두나 땅콩 같은 견과류, 혹은 복숭아 같은 과일 등이 있다.

지금 내놓은 과자는 이번 여름에 수확한 복숭아를 술에 재어 놓았다가 꿀과 함께 조려서 과자에 얹은 것이다.

그만큼 귀한 과자인데, 용봉비무회의 우승자가 왔다고 그걸 내놓은 것이다.

그런데 하필 복숭아에 대한 거부 반응이 있는 모양이다. 그걸 내공으로 억누르고 있을 뿐이고.

그렇기에 겉으로 드러난 피부는 멀쩡하고, 안쪽의 피부는 저리 엉망인 거다.

어휴. 복숭아에 대한 거부 반응이 있으면 있다고 말을 할 것이지 왜 아무거나 달라고 한 건지!

거부 반응을 내공으로 억누르고 있는 것을 보면, 복숭아를 먹으면 안 된다는 것을 모르는 것도 아니다.

 저번 용봉비무회에서 보여 주었던 실전에 능한 모습도 그렇고, 지금 복숭아에 대한 거부 반응을 숨기는 것도 그렇고……

 확실하다.

 내 앞의 소협은 가문의 보호를 받지 못한 채 거친 강호를 떠돌았을 거다.

 그래서 본인의 약점을 드러내지 않는 거겠지.

 "하아……."

 나는 한숨을 내쉬며 복숭아를 얹은 과자 접시를 옆으로 치웠다.

 본인에게 독이 되는 것을 아무렇지 않은 표정으로 먹고 있는 건 보기 힘들었으니까.

 내 행동에 그는 고개를 갸웃했다.

 "접시는 왜 치우십니까?"

 "죄송합니다. 과자의 맛을 보니, 최상의 맛이 아니더군요. 용봉비무회의 우승자에게 걸맞지 않은 맛이었습니다. 송구합니다."

 그리고 설렁줄을 당겨 시녀를 불렀고, 접시를 치우고 다른 과자를 내오도록 했다.

 그런 내 모습을 보며 팽 소협은 묘한 표정을 지었다.

 그러더니 피식 웃으며 말했다.

 "좋은 분이군요."

"네?"

"당시 몸을 던져 관람객들을 구할 때도 알아보긴 했지만, 왜 사람들이 소단주님을 선협미랑이라 부르는지 알 것 같습니다."

"과분한 이름입니다."

"아닙니다."

그는 고개를 저으며 말했다.

"그래서 더더욱 제가 소단주님을 잘 찾아왔다는 생각이 들었습니다."

이제 본론이구나.

"제가 소단주님을 찾아온 이유는, 의뢰할 것이 있기 때문입니다."

팽강운 소협은 말을 이었다.

"사실 저에게는 오래전 실종된 백부님이 계십니다."

실종된 백부?

나는 잠시 하북팽가의 가계도를 떠올렸다.

오래전, 현 가주의 아들 중 둘째 아들이 집을 나간 거로 알고 있다.

그리고 이전 삶에서 그는 가주, 즉 팽 소협의 조부가 죽고 장남인 팽 소협의 또 다른 백부가 가주를 이어받을 때까지 돌아오지 않았던 거로 기억한다.

"성인이 되었을 때부터 지금까지 온 제국을 돌아다니며 그분을 수소문했지만, 제 실력이 역부족이라서⋯⋯ 찾지 못했습니다."

뜻밖의 손님 〈35〉

그는 나에게 고개를 조아렸다.
"부디, 제 백부님을 찾아 주십시오."
나는 조금 의아했다.
물론 상단에 사람이나 물건을 찾는 의뢰를 하는 게 이상한 건 아니다.
전에 송 장주도 자무인형을 찾아 달라고 우리 은해상단에 의뢰한 적이 있었고.
상단만큼 활발하게 제국 전역을 누비는 자들도 없으니까.
물론 표국도 마찬가지기는 하지만, 주 역할이 호위나 호송이기 때문에 상단에 비해 제약이 많다.
하지만 상대는 손꼽히는 후기지수이며, 몇 년이나 제국을 떠돌아다녔다고 했다.
그런 그가 찾지 못할 정도인데 내가 찾을 수 있을까?
그리고 또 다른 의문점들.
왜 그런 고생을 하면서까지 백부를 찾아 헤매는 걸까?
그리고 많고 많은 상단 중에 왜 하필 나를 찾아온 걸까?
그런 의문점들을 풀어 보기로 했다.
"다른 분에게 이에 대한 의뢰를 해 보신 적이 있으십니까?"
"아닙니다. 다른 이에게 부탁한 건 이번이 처음입니다."
나는 고개를 갸웃했다.

지금까지는 다른 이들에게 부탁하지 않고 있었다면서 왜 갑자기 내게 이런 부탁을 하는 걸까?

이건 지금 이 자리에서 답을 들어야 할 것 같았다.

"제가 소협의 의뢰를 받아들이기 전에 몇 가지 여쭈어야 할 것이 있습니다."

"편히 말씀하십시오."

우선 가장 중요한 것을 먼저 물어보았다.

"왜 저입니까?"

"그게 무슨 말씀이십니까?"

"저희 은해상단이 큰 곳이긴 하지만, 저희보다 큰 상단은 많습니다. 그런데 왜 하필 저희 상단을…… 그것도 상단주이신 아버지가 아닌 제게 의뢰하시는 겁니까?"

아버지에게 의뢰했다면, 아버지가 나에게 말씀하지 않으실 리가 없다.

"이에 대한 속 시원한 답을 주지 않으신다면, 저는 소협의 의뢰를 거절할 수밖에 없습니다."

내 대답에 팽 소협은 잠시 고민하다가 이내 입을 열었다.

"물론, 소단주님께서 그런 의문을 제기하시는 것도 이해가 됩니다. 제가 소단주님께 의뢰를 드리는 건…… 믿을 만한 분이기 때문이라는 것이 가장 큰 이유입니다."

그는 말을 이었다.

"이번 용봉비무회 때 몸을 던져 사람들을 구하셨지 않습니까?"

"그건 제 부모님이 계셨기 때문입니다."

"뿐만 아니라 당시 일을 일으킨 두 무인에게 파문이라는 결정이 내려졌음에도, 무림맹의 중진들 앞에 무릎을 꿇고 간청하여 그들을 구했다고 들었습니다."

"그건……."

"그리고 이번에 제갈 소저와 대화를 나눌 기회가 있었습니다. 제갈 소저가 그러더군요. 은서호 소단주님께서는 실력도 실력이지만, 신의가 두터우신 분이라고요."

팽 소협은 곧은 눈으로 나를 보았다.

"그래서입니다. 저에게는 그 무엇보다 신의가 중요했기 때문입니다."

"신의라고 하시면……."

나는 그의 눈을 마주 보았다.

"소협이 저에게 백부를 찾아 달라는 의뢰를 했음을 비밀로 해 달라는 의미입니까?"

내 물음에 그는 고개를 끄덕였다.

"그렇습니다. 사실 제가 백부님을 찾고 있음을 팽가에서는 몰라야 합니다."

나는 속으로 한숨을 내쉬었다.

"그래서 일부러 이렇게 제 생일날 찾아오신 거군요. 저를 찾아올 명분이 있으니까요."

"맞습니다."

그는 고개를 끄덕였다.

"그리고 저희 가문으로 상단주님이나 은해상단의 사람

이 찾아온다면, 제가 아닌 가문의 입맛대로 지원에 대한 논의가 이루어질 가능성이 높으니 말입니다."

그래서 이렇게 내 생일 축하를 위해 찾아옴으로, 선수를 쳤다는 거다.

잠깐, 그럼 낙양에서 가문으로 돌아가지 않았다는 건가?

"그런데 제 생일은 어찌 아시고……."

"제갈 소저가 알려 주었습니다."

"……."

나는 다시 한번 한숨을 내쉬었다.

"그건 그렇고, 왜 이렇게까지 백부님을 찾으시는 겁니까? 가문에 비밀로 해야 한다는 것을 보니, 이에 대해 가문에서는 탐탁지 않아 하는 것 같은데 말입니다."

"그건……."

팽 소협이 웃으며 말했다.

"저는 차후 하북팽가의 가주가 될 생각입니다. 그러니 모든 식솔을 챙기는 모습을 보여야 하지 않겠습니까?"

아니, 저건 거짓말이다.

진짜 이유는 분명 따로 있다.

단순히 저런 이유라면 혼자서 그렇게 오랜 시간 동안 제국 전역을 떠돌 리가 없지.

지금 팽 소협의 나이는 스물여섯 살.

국법상 열다섯 살이 성인이지만, 어느 정도 규모 있는 가문 대부분은 스무 살을 성년으로 인정했으니까.

우리 은해상단도 스무 살을 성인으로 친다.

그렇다면 육 년 동안 떠돌았다는 건데…….

솔직히 그런 이유로 육 년 동안 제국을 떠돈다는 건 말이 안 되지.

게다가 나에게 그리 대답할 때 묘하게 시선을 살짝 피했었다. 그게 백부를 찾는 이유는 아니라는 거다.

하지만 가주가 될 생각이라고 했을 때, 눈빛이 살짝 열기를 띠었던 것을 보니 가주가 될 생각은 맞는 듯했다.

육 년 동안 수많은 상황을 겪으며 속마음을 숨기는 데 능숙해졌다고는 하지만, 내 앞에서는 숨기지 못하지.

한 번 파고들어 볼까?

잠시 그런 생각을 했지만, 팽 소협은 쉽게 입을 열 것 같지가 않았다.

도리어 나를 피할지도 모른다.

어쩌면 사람을 잘못 봤다면서 나에게 실망하여 자리를 뜰지도 모르지.

그러면 나를 좋게 말한 제갈유아 소저에게 폐를 끼치게 되고…….

뭐, 그건 차차 알아보면 되겠지.

"참으로 가문에 대한 생각이 깊으시군요. 하지만 그렇게 오래 찾으셨는데도 찾지 못하신 분인데, 제가 찾을 수 있을지 모르겠군요."

"꼭 찾아달라는 건 아닙니다."

그는 웃으며 말을 이었다.

"그저, 이곳저곳 돌아다니시다가 제 백부님을 보시면 저에게 알려 달라는 겁니다."

"그 정도라면 어렵지 않습니다. 그리하지요."

"사실 제가 계속 찾고 싶지만, 이번 용봉비무회에서 우승을 해 버리는 바람에…… 저를 찾는 이들이 많아졌습니다. 그래서 당분간 좀 바쁠 듯합니다."

즉, 그에게 시선이 집중될 수밖에 없으니 나에게 그 일을 맡긴다는 의미다.

나 역시 이번에 영웅 대접을 받아서 시선이 집중되었지만, 팽 소협에 비하면은 덜하니까.

"그리고 가문으로 돌아가서 해야 할 일도 있고요."

"그렇다면 이제는 하북으로 돌아가시는 겁니까?"

"그럴 생각입니다."

잠시 생각하던 나는 그에게 말했다.

"마침 저도 이번에 북경으로 가야 할 일이 있어서 말입니다. 가는 길에 함께 가도록 하지요."

나는 말을 이었다.

"제가 북경으로 가는데 팽 소협을 혼자 보낸다면, 팽가에서 어찌 생각하겠습니까?"

내 말에 팽 소협은 고개를 끄덕였다.

"알겠습니다. 제 의뢰를 받아주시는 좋은 분을 욕 먹게 할 수는 없는 일이지요."

"그리고 백부님의 용모파기를 알려 주십시오."

"아차! 가장 중요한 것을 말씀드리지 않았군요."

뜻밖의 손님 〈41〉

그는 품에서 백색의 비단을 꺼냈고, 그걸 펼쳤다.
 그 안에는 용모파기와 함께 자세한 인상착의 같은 것이 적혀 있었다.
 그걸 본 순간, 나는 백부라는 이가 팽 소협에게 상당히 중요한 인물이라는 것을 알아차렸다.
 보통 용모파기는 종이에 그리고 마는데, 팽 소협은 비단에 그려서 다녔으니까.
 비단이 비싸기는 하지만, 질기고 튼튼했기에 중요한 기록은 비단에 적곤 한다.
 게다가 이 비단은 꽤나 상등품이고.
 하긴, 그러니까 육 년이나 찾아 헤맸겠지.
 그러나 나는 아무 말 하지 않고 비단에 그려진 얼굴을 보았다.
 상당히 준수한 얼굴.
 키는 약 칠 척.
 상당히 큰 키였지만, 대대로 체격이 우람한 하북팽가의 특성을 고려하면 칠 척의 키는 그렇게까지 큰 키는 아니다.
 내 앞의 팽 소협은 육 척 반 정도였지만, 내 기억에 의하면 완전히 성장했을 땐 칠 척 정도 되었으니까.
 그 말은 즉, 지금도 계속해서 크고 있다는 거다.
 서른 살까지 키가 크는 건 하북팽가의 특성 중 하나다. 이미 다 크고도 남았을 나이인데, 그때까지 키가 크다니!
 뭐 특별한 영약이라도 먹고 있는 건지, 그 가문의 무공 때문인지는 모르겠다.

그는 설명을 덧붙였다.

"장법에도 조예가 깊으셨지만, 백부님의 혼원벽력도는 일품이라고 들었습니다."

……들었습니다라고?

"실제로 뵌 적은 없으신 겁니까?"

"그렇습니다. 제가 태어나고 세 살이 되기 전에 가출하셨으니까요."

"그럼 이 그림은?"

"저희 가문에서 오랫동안 일해 오셨던 한 시종 분께서 그려 주신 겁니다."

"언제 그린 겁니까?"

"열여섯 살 정도쯤에 제가 떼를 써서 그려 주셨습니다."

그 말은 즉, 이 용모파기에 오류가 있을 수도 있다는 거다.

나는 그 외에도 이런저런 자세한 이야기를 들었다.

"알겠습니다. 그럼 이에 대한 의뢰 비용은 얼마를 생각하고 계십니까?"

내 물음에 그는 귀밑을 긁적였다.

"그건…… 의뢰를 받는 쪽에서 먼저 제시하는 것 아닙니까?"

"이 의뢰에 대한 가치를 제가 어찌 판단하겠습니까?"

"역시…… 상인은 상인이시군요."

나는 내 정체성을 부인하지 않았다.

"네. 영웅이기 전에 저는 상인입니다."

"……."

잠시 침묵이 흘렀고, 결국 먼저 입을 연 쪽은 팽 소협이다.

"훗날, 제가 가문의 가주가 된다면 가문의 존속을 위협하지 않는 한에서 한 가지 부탁을 들어드리지요."

제법 세게 부르네.

그만큼 그 백부라는 자가 중요하다는 거구나.

"하지만 소협이 가주가 될 거라고 어찌 단언합니까?"

"반드시 가주가 될 생각입니다만, 만약 제가 가주가 되지 못한다면…… 그땐 제가 가지고 있는 가장 가치 있는 것을 드리도록 하겠습니다."

가장 가치 있는 것?

"벽뢰단(碧雷丹). 그걸 드리죠."

벽뢰단은 하북팽가에서도 꽤나 아끼는 영약으로, 대대로 가장 뛰어난 후기지수에게 주어지는 단환이다.

하지만 나는 고개를 저었다.

"그건 거절하겠습니다."

"네?"

"가장 가치 있는 것을 주시겠다고 하지 않았습니까? 팽 소협에게는 그게 가장 가치 있는 것이라고 생각하실지 몰라도 저에게는 아닙니다. 그리고 팽 소협이 가주가 되기 전에 제가 백부를 찾을 수도 있죠."

"그럼 무엇을……."

"팽 소협."

"네?"

"팽 소협에게는 팽 소협이 가장 가치 있는 것 아니겠습니까? 그러니 팽 소협께서 가주가 되기 전에 제가 백부를 찾는다면, 삼 년만 제 사람이 되어 주십시오."

내 제안에 그는 살짝 당황한 표정이었다.

그도 그럴 것이다.

삼 년 동안 내 사람이 되어 달라고 했으니.

"좀 당황스럽습니다. 솔직히 지금까지 저에게 가장 가치 있는 것이 저라는 말은 처음 들어 봐서……."

그는 뒷목을 긁더니 이내 고개를 끄덕였다.

"좋습니다. 그리하겠습니다."

"그럼, 계약서를 작성할까요?"

그렇게 나와 팽 소협은 계약서를 작성했다.

계약서 작성을 마치고, 팽 소협은 나에게 포권했다.

"좋은 거래였습니다. 그럼 저는 이만……."

"어디 가십니까?"

"네?"

"지금까지는 팽 소협의 개인적인 의뢰에 대한 것이었고, 이제 팽 소협에 대한 지원을 이야기할 차례가 아닙니까?"

.

.

.

뜻밖의 손님 〈45〉

팽 소협과 대화를 마친 나는 곧바로 아버지에게 찾아갔다.

팽 소협에 대한 지원이라든지, 함께 돌아가는 것 등에 대해서 아버지에게 보고해야 했으니까.

"팽 소협에게 매년 금자 스무 냥의 지원을 하기로 했다는 거지?"

"네. 그렇습니다."

"그 정도면 나쁘지 않구나. 그나저나 왜 직접 온 거라고 하더냐?"

"가문의 입맛에 맞는 대로 지원을 받게 되는 것이 싫어서 그리했다고 합니다."

나는 아버지에게 속으로 용서를 빌었다.

죄송합니다. 아버지, 진짜 이유에 대해서 비밀로 하기로 약속했습니다.

다행히 아버지는 그 이유를 듣고 납득하셨다.

"생각보다 진취적이고, 영악하구나. 하북팽가에 그런 인재가 있을 줄이야."

사실, 하북팽가를 일컬어 사람들이 하는 말이 있다.

힘만 좋은 바보라고.

그건 두뇌가 총명한 자손이 드물기 때문이었다. 하지만 팽 소협을 보니 그건 머리를 쓸 필요가 없기 때문에 그리된 것 같았다.

가문의 보호를 받으며 타고난 신력으로 대부분의 일을 해결할 수 있으니까.

"그리고 하북으로 돌아갈 때 함께 돌아가기로 했습니다."
"잘했다. 혼자 보낸다면 욕먹기 딱 좋지."
아버지는 흐뭇한 미소를 지으셨다.
"그 말은 즉, 이제 슬슬 북경으로 간다는 의미구나."
"네. 그리되었습니다."
"그러면 지금 은풍대에서 훈련받는 두 무사는……?"
"다음번에 와서 데리고 가겠습니다. 그동안 외총관에게 부탁할까 합니다."

아버지에게 보고를 마친 나는 내 별당으로 돌아왔다.
별당 옆에서는 한창 공사가 진행되고 있었다. 내 호위대가 머물 숙소를 짓고 있는 거다.
앞으로도 호위들이 늘어날 것 같아서 아예 넉넉하게 짓고 있었다.
이전 삶에서는 호위대 규모가 계속 커지는 바람에 증축에 증축을 거듭했었지.
아무튼, 호위대가 기거하는 건물은 상단의 돈으로 지을 수 있다.
생활 전반은 내 돈이 나가야 했지만.
"오셨습니까요? 도련님."
팔갑은 싱글벙글이었다.
오늘 월봉을 올려 주었으니까. 그리고 결국 금령에게도 은자 하나를 줬다.

금령이 살짝 삐졌었거든.
어휴. 내가 이렇게 마음이 약하다니까.

65장. 하북성으로

하북성으로

이제 북경으로 가야 할 시간이 되었다.

이번에는 하북성까지 팽강운 소협과 함께 가야 했기에 더는 지체할 수가 없었다.

그래서 점심시간을 활용해 연무장으로 향했다.

명종 무사와 창운 무사에게 사정을 이야기해야 했으니까.

현재 그 두 무사는 은풍대에서 합숙훈련 중이었다.

"이야, 오랜만에 오니까 뭔가 감회가 새롭네요."

이필 무사의 말에 나는 그에게 물었다.

"그러고 보니, 은풍대에 오래 계셨죠?"

"그리 오래는 아닙니다. 한 오 년 정도 근무했으니까요."

"그 정도면 고참 아닌가요?"

"고참까지는 아니고, 적당한 정도죠. 고참이라고 할 정도면 여 무사님쯤 되어야죠. 십오 년을 근무하셨으니까요."

그 말에 진유 무사가 살짝 놀란 표정을 지었다.

"무사가 한 곳에서 십오 년 이상을 근무하기가 쉽지 않은데, 대단하군요."

그건 무사라는 직업상 특성 때문이었다.

기본적으로 칼밥을 먹고 산다는 건 언제든 목숨을 잃거나 다칠 수 있다는 의미.

그러다 보니 은퇴가 빠른 편이었다.

"뭐, 여 무사님의 운이 억세게 좋으신 게 아닐까요?"

나도 웃으며 그 말을 받았다.

"오늘 여 무사님도 함께 올 것을 그랬습니다."

서우 무사와 여응암 무사는 오늘 비번이었다. 그래서 서우 무사와 여응암 무사는 둘 다 외출 중이다.

"그나저나 여기에 오니 저도 새삼 훈련을 받던 당시가 생각이 납니다."

진유 무사 역시 내 호위가 되기 전, 은풍대에서 한 달 동안 훈련을 받았었으니까.

"훈련은 할 만했습니까?"

"솔직히 처음에는 걱정했습니다만, 다들 잘 대해 주기도 했고 훈련도 그다지 어렵지 않았습니다. 어릴 때의 그 훈련에 비하면…… 이렇게 편하게 훈련해도 될까 싶을 정도였습니다."

진유 무사의 말에 우리는 씁쓸한 표정을 지었다.

나뿐만 아니라 팔갑과 다른 호위무사들도 진유 무사의 과거에 대해 알고 있었으니까.

하긴, 은풍대의 훈련이 아무리 힘들어도 생사의 갈림길을 오가는 살수 훈련보다는 힘들지 않을 거다.

나는 얼른 화제를 돌렸다.

"아, 요즘 팔갑의 수련은 어떤가요?"

"수련의 단계를 총 열 단계라고 하면, 네 번째 단계는 수료했습니다."

"벌써 절반 가까이 수료했군요. 대단하네요!"

"저 역시 그리 생각합니다."

우리의 대화에 팔갑은 평온한 표정을 지으며 말했다.

"진유 무사님께서 잘 지도해 주신 덕분입니다요."

"팔갑아."

"네?"

"평온한 표정을 짓든지, 그냥 좋아하든지 하나만 해. 광대가 그렇게 하늘 높이 승천해 있는데 평온한 표정을 하니까 진짜 못생겨 보인다."

"윽! 도, 도련님! 너무 하십니다요!"

"내가 뭘?"

"잘생긴 사람은 원래 평범한 외모를 가진 이들을 이해 못 하는 겁니다요. 평범한 사람은 꾸미고 가꿔야 좀 볼 만하지만 잘생긴 사람은 코를 파고 있어도 잘생겨 보이니…… 에휴."

팔갑의 하소연에 나는 피식 웃었다.
"나는 그냥 평온한 표정을 하든, 뿌듯한 표정을 하든 하나만 하라는 말이었는데?"
"……."

곧 우리는 연무장에 들어섰고, 우리를 발견한 훈련 교관 중 하나가 우리를 향해 달려왔다.
"도련님 오셨습니까?"
"환영해 주셔서 감사합니다."
"저, 지금은 대원들이 점심을 먹는 중이라서……."
"알고 온 겁니다."
은해상단은 직원들에게 저렴한 가격에 점심을 제공하였다.
명종 무사와 창운 무사의 경우, 그 두 무사의 식비는 나에게 청구하도록 했다.
"식당에 잠시 가 봐도 되겠습니까?"
"물론입니다. 이쪽으로……."
"감사합니다만, 식당이 어딘지는 압니다. 그냥 살짝 보고 올 생각이니 다른 이들에게 알리지 마십시오."
내 의도를 이해했는지, 교관이 고개를 숙였다.
"알겠습니다."
누군가가 한 단체에 잘 섞여 들어가 있는지를 아는 방법 중에 하나가 식사하는 모습을 보는 거다.
다른 이들과 어울려 대화를 하면서 식사를 하는지, 아

니면 외롭게 식사하는지를 보면 대충 견적이 나온다.

솔직히 명종 무사나 창운 무사나 거대 문파에 있었던 만큼, 단체 생활에 적응하지 못하지는 않을 거다.

그래도 각이 딱딱 잡혀 있는 명문 문파와 이곳 은해상단의 은풍대는 그 분위기가 좀 다르다.

좀 자유로운 분위기였으니까.

그리고 두 무사가 용봉비무회 때 사고를 쳤다는 소문이 이미 은해상단 안에 퍼진 상황이기에, 다른 이들이 두 무사를 배척하지 않을까 걱정이 되었다.

하여 잘 적응하고 있는지 살피고자 이렇게 온 것이다.

곧 우리는 무사들 전용 식당에 도착했다.

아무래도 일반 직원들 입장에서 무기를 지닌 무사들과 한자리에 앉아 식사하는 것은 부담스럽기 때문이다.

"어, 저기 두 무사님이……."

"쉿!"

나도 그걸 안 본 게 아니기에 얼른 조용히 시켰다.

뭔가 분위기가…… 심상치 않았다.

* * *

은풍대의 대원들은 다른 직원들과 달리 석 달에 한 번씩 모집 지원을 받는다.

자의든 타의든 퇴직을 하는 이들이 많기 때문이다.

하지만 은풍대의 대우는 제법 좋은 편이기에, 은풍대에

서 부상이나 사망이 아닌 퇴직은 별로 없었다.

만약 은풍대의 무사로 일하다가 사망하게 되면, 은풍대에서는 그 생계를 위해 가족 중 한 명을 고용해 준다.

또한, 부상으로 인해 더는 무기를 잡을 수 없게 되어도 다른 직종으로 바꿀 수 있는 기회를 주거나 그 가족 중 한 명을 고용해 준다.

무사가 사망하거나 다치면 소액의 위로금만 휙 던지고 마는 다른 곳에 비하면 참으로 자비로운 혜택이다.

그렇기에 은풍대의 모집 공고가 나면 수많은 무사들이 지원서를 내곤 한다.

지원 자격으로는 세 가지를 본다.

무공, 필기, 인성.

무공은 삼류 이상이면 통과다.

어차피 일반 무사들에게 기대하는 수준은 삼류 수준만 벗어나면 되니까.

그리고 필기는, 총 이 차까지 있었는데 시험관이 무작위로 고른 문장을 읽어야 일 차 통과이고 이 차로는 간단한 셈에 대한 문제를 읽고 푸는 거다.

생각보다 필기에서 많이들 탈락했다.

그건 무사들 중에 까막눈이 은근히 많았기 때문인데, 그래서인지 은해상단 본단 근처에서 글을 좀 아는 이들이 개인 교습으로 짭짤하게 벌고 있었다.

그렇게 필기까지 통과하면 임시대원으로서 훈련을 받는다.

그 훈련 시간은 석 달이었는데, 인성을 보기 위함이다.
물론 그사이 문제가 있는 무사들은 방출된다.

석 달의 훈련을 무사히 마쳐야 정식 대원이 되고 한 달 동안 실무교육을 한 후 각 조에 배치되는 것이다.

은서호가 볼 때 서우 무사나 진유 무사는 기본 훈련이 필요 없어 보였기 때문에 실무교육만 수료했지만, 명종 무사와 창운 무사는 임시대원들과 기본 훈련부터 시작하게 했다.

비록 심하게 채찍질을 당하기는 했지만, 파문은 면했다.

그리고 각 문파의 장문인이 은서호를 통해 금창약을 건네줌으로써 문파에서는 그들을 버리지 않았다는 뜻을 전해 주었다.

그들은 새로 얻은 기회를 놓치고 싶지 않았다.

하여 그들은 매 훈련 진지하게 임했다.

하지만, 그들은 일류라는 실력에 자부심을 가지고 있었다.

그래서 훈련 중에 이류 무사에게 졌을 때, 꽤나 충격을 받았다.

그런 그들에게 훈련 교관이 이유를 설명해 주었다.

"그건, 실전 경험이 부족했기 때문이네."
"실전이라면 저희도……."
"목숨을 걸고 녹림들과 싸워 본 적이 있나?"

"저희도 녹림 토벌이라면 몇 번 해 봤습니다."
"하지만 항상 보호자가 같이 있었겠지. 설령 싸우다가 위험해져도 누군가가 구해 줄 거라고 믿었을 테고."
"……!"

사실이었다.
화산파든 종남파든, 제자들을 동원해 녹림을 토벌할 때 항상 고수들이 동행했으니까.

"그건 실전이 아니네. 진정한 실전은 뒤가 없는 싸움을 의미하네. 한 끗 차이로 죽고 사는 그런 싸움 말이네."
"……."
"사실, 자네들을 임시대원들과 함께 훈련을 받게 한 건 실전 경험을 많이 쌓게 하기 위한 셋째 소단주님의 배려이네."

훈련 교관이 미소 지으며 말했다.

"앞으로 셋째 소단주님과 함께 하게 될 텐데, 제국 전역을 종횡무진으로 움직이는 분이네. 그러니 그분과 함께하면서 얼마나 많은 위험과 맞닥뜨리겠는가? 그러니까 이곳에서 열심히 배우고 익히도록 하게나. 자네들이 일찍 죽으면 슬퍼할 이들이 한둘이 아니니."

그 후로, 명종 무사와 창운 무사는 자신들이 가지고 있던 무공에 대한 자만심마저 버렸다.

그리고 화산파와 종남파라는 명문 출신이라는 자부심도 버릴 수밖에 없었다.

이전에는 직전제자였지만, 지금은 그저 외거제자에 불과했으니까.

그렇게 초심으로 돌아가 진심으로 훈련에 임하면서 그들에게는 점점 동료들이 생기기 시작했다.

하지만,

그런 그들이 마음에 들지 않는 자도 있었다. 그래서 사사건건 시비를 걸곤 했다.

지금, 점심을 먹고 있는 지금도 그러했다.

"아, 저 새끼들을 왜 보고 있어야 하냐? 밥맛 떨어지게."

"그러게 말이야. 우리 상단주님 내외분을 죽일 뻔했으면서 낯짝도 참 두껍네."

그간은 이 정도까지만 시비를 걸고 넘어가곤 했다.

하지만, 그동안 두 무사가 계속해서 참고 그들을 상대하지 않았기 때문인지 오늘은 조금 더 나갔다.

그리고 식사 시간에는 훈련 교관이 없다는 것을 확인했기에 그리 행동하는 이유도 있었다.

사실, 교관들이 그들 눈에 보이지만 않을 뿐, 다 지켜보고 있지만 말이다.

"너희들을 구제해 준 소단주님께서는 대체 무슨 생각

으로 그리하셨는지 모르겠네."

"영웅 심리가 발동하셨나보지."

"너희들을 파문시키지 않음으로 문파의 이름이 땅에 떨어졌을 거야."

자신들을 구명해 준 은서호와 문파에 대한 건 그들의 역린이었기에 더는 묵과할 수가 없었다.

"그만하십시오."

"셋째 소단주님과 문파를 모욕하지 마십시오."

그들의 반응에 그들은 대놓고 낄낄대며 조롱했다.

"와, 화내니까 무섭네. 키킥!"

"더 해 봐? 왜? 우리에게 처발릴까 봐 겁나?"

보다 못한 두 무사의 동료들이 그들을 만류했다.

"그, 그만 하십시오."

"같은 동료 아닙니까?"

"동료는 무슨, 범죄자들을 동료로 생각하는 놈들은 너희밖에 없을 거다."

그들 패거리는 점점 안하무인으로 행동했다.

그들은 훈련을 시작했을 때부터 강압적으로 세력을 불러 나갔던 이들이었고, 두 무사의 동료들은 조금 소극적인 이들.

그렇기에 그들 패거리는 아랑곳하지 않았다.

"더 이상 셋째 소단주님과 문파와 제 동료들을 모욕한다면 우리 역시 가만히 있지 않겠습니다."

"아? 그래?"

그렇게 이죽거리던 패거리 중 하나가 국수 그릇을 들었다.

"그럼 어디 해 봐?"

그리고 그 그릇을 던졌다.

이에 식당에 있던 이들은 깜짝 놀랐다. 그건 시비를 걸던 놈이 국수 그릇을 던졌기 때문이 아니었다.

퍽-!

국수 그릇에 맞은 자가 그들이 전혀 예상하지 못했던 인물이었기 때문이다.

"……."

"……."

바로 그 그릇을 던진 본인이었다.

식당 안에는 정적이 흘렀고, 그 정적을 깬 건 한 미청년의 미성이었다.

"사이좋게 지내는 것까지는 바라지 않았지만, 그래도 동료에 대한 공격은 좀 너무한 것 아닙니까?"

그는 바로, 은해상단의 소단주이자 현풍국주이자 용봉비무회의 영웅 은서호였다.

그 옆에는 호위인 진유 무사와 이필 무사가 검을 빼 들고 서 있었다.

날 선 기세에 그곳의 이들은 모두 새파랗게 질린 얼굴로 벌벌 떨었다.

그리고 방금 일어났던 일을 떠올렸다.

시비를 걸던 놈이 던진 국수 그릇이 기세를 담아 날아

가던 그때, 갑자기 그들 앞에 나타난 진유 무사가 검집을 휘둘러 그걸 되돌린 것.

워낙 순식간에 일어난 일인 탓에, 그릇을 던진 놈이 미처 손을 쓰지 못하고 그대로 맞은 거다.

하지만 그는 이마에 흐르는 피를 닦을 생각도 하지 못했다.

방금까지 자신이 뭐라고 이죽거렸는지 떠오르자 머릿속이 새하얗게 변했기 때문이다.

"헉!"

그들은 얼른 그 앞에 엎드렸다.

"죄, 죄송합니다!"

"용서해 주십시오!"

* * *

나는 내 앞에 납작 엎드린 이들을 보았다.

저들은 이전 삶에서 은풍대에 소속되어 있으면서 이런저런 문제를 일으킨 이들이다.

가장 열 받는 일이 우리 상단의 기밀을 다른 상단에 팔아먹은 일이었지.

사실 이들이 명종 무사를 향해 그릇을 던졌을 때 내가 맞을까 생각했었다.

하지만 그렇게 하면 문제가 좀 커진다.

우선 나를 따라온 진유 무사와 이필 무사가 혼날 수도

있고, 저 지붕 위에서 지켜보고 있는 교관들이 외총관에게 불려 갈 가능성이 아주 컸다.

 그래서 진유 무사가 그릇을 튕겨내게 한 것이다.

 어차피 그들이 두 무사에게 한 언행만 해도 방출 확정이었으니까.

 그런데…… 저런 인성이면 이전 삶에서 저 패거리들이 임시대원으로 훈련을 받을 때도 문제를 일으켰을 텐데…… 어떻게 정식 대원이 된 거지?

 그런 의문이 들었지만, 이는 일단 제쳐 두고 명종 무사와 창운 무사에게 말했다.

 "잘 지내고 계신 것 같아 다행입니다."
 "주군을 뵙습니다."
 "여, 여기는 어쩐 일이십니까?"
 "잠시 할 말이 있는데, 식사는 다 하셨습니까?"
 "아! 네!"
 "방금 다 먹었습니다."
 "그럼, 갑시다."

 나는 내 앞에 엎드린 이들은 보지도 않고, 그저 천장을 살짝 보며 전음을 보냈다.

 - 알아서 처리하세요. 제가 지켜보겠습니다.

* * *

 나는 두 무사를 데리고 내 별당으로 왔다. 접빈실에 앉은 우리 앞에 팔갑이 차를 내려놓았다.
"그동안 그런 비아냥을 듣고 있던 겁니까?"
내 말에 두 무사는 고개를 조아렸다.
"송구합니다. 저희가 부족해서 소단주님께서 그런 말을 듣게 했습니다."
"저희가 부족한 탓입니다."
"그리 말하지 마십시오. 저들이 못난 탓이니까요. 그리고 아까 보니 동료들이 제법 있는 듯하더군요."
"아…… 네."
"그렇습니다."
"앞으로도 친하게 지내세요. 그대들에게 힘이 되어 줄 동료들입니다."
"그리하겠습니다."
나는 두 무사를 보았다. 그들의 눈빛에는 각오가 단단히 서려 있었다.
나와 함께 은해상단 본단에 올 때까지만 해도 가지고 있던 명문 정파 출신이라는 자부심이라든지 일류 무사라는 수준에 대한 자만심 같은 것들이 모조리 사라진 느낌.
좋은 방향으로 성장하고 있는 듯해 뭔가 뿌듯했다.
나와 오랫동안 함께 할 수 있을 것 같네.
"그리고 혹시라도, 그 패거리 같은 놈들이 또 있으면 참지 마세요."
"네?"
"하지만 참지 않으면……."

"아아······."

무슨 말인지 알 것 같았다.

"괜찮습니다. 두 무사님은 방출당하지 않을 테니까요. 두 분의 소속은 은풍대가 아닌 제 개인 호위대입니다. 두 무사님의 주군인 제가 방출하지 않겠다는데 뭐라고 하겠습니까?"

나는 피식 웃었다.

"대신, 공개적인 자리에서 그러면 골치 아프니까 몰래 한적한 곳으로 불러서 손을 쓰시면 됩니다. 하하하."

"하하하하."

머쓱하게 웃는 걸 보니 내 말이 농담이라고 생각하나 보다.

음, 농담 아니었는데······.

어쨌든, 이제 본론으로 들어가야겠지.

"제가 두 분을 부른 이유는, 제가 북경으로 가야 하기 때문입니다."

"그럼 언제 오시는 겁니까?"

"그리 오래 걸리지는 않을 겁니다. 그러니, 잘 훈련을 받고 계시면 됩니다."

"알겠습니다."

"혹시라도 제가 없는 동안 무슨 일이 생긴다면, 이 별당의 하인과 하녀에게 말하든지 아니면 제 형님들에게 말하면 됩니다. 외총관님을 찾아뵈어도 되고요. 그럼 저에게 전서를 보내든지, 아니면 알아서 해결해 주실 겁니다."

"유념하겠습니다."
"두 분의 성장을 기대하겠습니다."

그렇게 명종 무사와 창운 무사에게 당부를 마치고 돌려보낸 후, 나는 외총관에게 향했다.
아까 식당에서 명종 무사와 창운 무사를 모욕했던 패거리들에 대해서 뭔가 걸리는 것이 있었기 때문이다.
"어서 오십시오."
"잠시 말씀드릴 것이 있어서 왔습니다."
외총관이 내게 자리를 권했다.
"편히 앉으십시오."
나는 자리에 앉아 말을 꺼냈다.
"제가 이번에 다시 북경으로 가게 되었습니다."
"들었습니다. 팽 소협과 함께 움직이신다고요?"
"네. 그렇게 되었습니다. 그래서 말인데 명종 무사와 창운 무사를 잘 부탁드립니다."
"걱정하지 마십시오. 좋은 호위 무사로 만들어 두겠습니다."
"감사합니다. 사실, 이렇게 따로 찾아온 것은 오늘 불미스러운 일이 있어서입니다."
"불미스러운 일이라면?"
나는 식당에서 있었던 일에 대해서 자초지종을 설명했다. 고자질하는 모양새가 되겠지만, 외총관에게 경각심을 주기 위함이었다.

"아니! 그런 일이 있었다는 말입니까?"
예상대로 외총관은 전혀 몰랐다는 듯, 깜짝 놀랐다.
이 정도 시간이 지났으면 알고 있어야 할 텐데…….
외총관에게 보고되는 체계에 문제가 생겼다는 의미다.
"외총관님. 정말 모르고 계셨던 겁니까?"
"……."
"아무래도 훈련교관들을 제대로 살펴보셔야 할 듯합니다. 자칫하면 저희 상단의 기강이 흔들릴 수도 있는 문제입니다."
"소단주님의 언질이 아니었다면, 제가 큰 실수를 할 뻔했습니다. 알려 주셔서 감사합니다."
외총관은 굳은 표정으로 감사를 표했다.
서류 작업을 싫어하고 무공에 진심인 분이지만, 아버지가 괜히 외총관으로 세우셨을 리가 없지.
이 정도만 해도 알아서 잘 하실 거다.

.
.
.

오늘은 북경으로 출발하는 날이다.
각자의 짐을 싸는 건 그리 오래 걸리지 않았다.
다만, 팽 소협과 함께 가는 길이니 그를 위한 준비를 조금 더 해야 했다.
십일월의 말.
슬슬 겨울이 다가오고 있었다.

팽 소협은 말을 타고 이동하겠다고 했다. 손님이 말을 타고 이동하는데, 내가 마차를 탈 수는 없지.

그래서 나 역시 말을 타고 이동하기로 했다.

그리고 마차에는 여러 물건들을 싣고 이동하기로 했다.

"그럼, 다녀오겠습니다."

"몸 조심하거라."

"네."

내 인사에 팽 소협 역시 아버지에게 예를 갖추었다.

"융숭한 대접에 감사드립니다. 그럼 보중하십시오."

"살펴 가십시오."

우리는 하북팽가로 출발했다.

하북팽가는 북경에 자리 잡은 가문이다. 황궁에서 하루 거리에 있었고, 그만큼 군부에 투신한 이들도 많았다.

하지만 현 황제는 황보세가를 중용하는 편이었기에 지금은 조금 밀리는 감이 없지 않았다.

잡화점 어르신도 황보세가 출신이었지.

다그닥, 다그닥.

말발굽 소리만이 규칙적으로 들렸다.

서두를 필요가 없어서 말을 달리지는 않았으니까.

나는 팽 소협을 보았다.

입을 다문 채 묵묵히 말을 모는 그 모습이 그의 본모습이 아닌가 싶었다.

그와 함께하는 중년의 시종은 그의 그런 모습이 당연하

다는 듯이 행동하고 있었으니까.

 그리고 팽 소협은 이동하면서도 경계를 풀지 않고 주변을 끊임없이 살폈다. 그건 그의 시종 역시 마찬가지.

 뭔가 고생이 많았겠다는 생각이 들었다.

 그나저나 시종의 경지가 일류라…….

 뭔가 사연이 있겠구나 싶었다.

 혹시 전에 말했던, 실종된 백부의 용모파기를 그려 준 자가 저 시종이 아닐까?

 나도 수다를 떠는 걸 좋아하는 편은 아니었지만, 이대로 가다가는 내가 속 터져 죽을 것 같았다.

 "팽 소협."

 "네."

 "승마가 능숙하시군요. 누구에게 배우신 겁니까?"

 "아, 저희 가문에 승마를 전문적으로 가르쳐 주시는 분이 계십니다. 그분에게 배웠습니다."

 "역시 명문세가군요. 전문적으로 승마를 가르쳐 주는 분도 계시니 말입니다."

 "그러고 보니, 소단주님께서도 말을 제법 잘 타시는군요."

 "아, 저는…….''

 그러고 보니 내가 말 타는 것을 언제 배웠지?

 나는 웃으며 얼버무렸다.

 "어릴 적에 배웠습니다."

 팔갑이 고개를 끄덕이며 부연 설명했다.

"당시 외총관님께서 승마술만큼은 타고 나셨다고 그러셨지요."

아. 이제야 기억났다.

내가 열세 살이 되었을 때 외총관이 말을 타는 법을 알려 주셨었다.

그런데 그건 작은 조랑말이었는데?

아아…….

내 이전 삶에서 병이 다 낫고 나서야 본격적으로 승마술을 배웠었지.

그 말은 즉, 이번 삶에서는 본격적으로 승마를 배운 적이 없다는 의미다.

"작은 조랑말을 잘 타셔서 그런지 큰 말도 곧잘 타시는 것 같습니다요."

팔갑의 말에 팽 소협이 긍정했다.

"그건 그렇죠. 조랑말이나 큰 말이나, 근본은 같으니 말입니다."

다행히 잘 넘어간 듯했다.

그렇게 이런저런 이야기를 하며 이동하는 동안 날이 어두워졌다.

"오늘은 예정대로 삼월객잔에서 머물면 될 듯합니다."

서우 무사의 말에 나는 고개를 끄덕였다.

"그리하지요."

"네."

삼월객잔은 아침에 본단에서 출발하면 딱 저녁 즈음에

도착하는 곳에 위치한 덕분에 우리 은해상단에서 애용하는 객잔이다.

객잔의 이름은 삼월에 영업을 시작했다고 해서 그리 지었다고 알고 있다.

"방은 어떻게 드릴까요? 팽 소협과 시종께서는 각방을 쓰시겠습니까? 아니면 한 방을 쓰시겠습니까?"

내 물음에 팽 소협이 대답했다.

"한 방을 쓰겠습니다."

서우 무사와 팔갑이 객잔주에게 방과 식사를 요청했고, 우리는 각자 방으로 들어갔다.

씻고 내려오자 팽 소협 일행은 이미 일 층에 내려와 있었다.

"벌써 내려오셨군요."

"제가 원래 씻는 것이 좀 빠릅니다."

"그러시군요."

우리는 각자 음식을 주문했고, 이내 점소이가 음식을 가져왔다.

"맛있게 드십시오."

"감사합니다."

나는 수저를 들던 중, 이상한 것을 발견했다.

이필 무사처럼 음식을 뒤적거리는 팽 소협의 모습이었다.

이필 무사는 어릴 적의 경험으로 인해 그런 버릇이 있다지만…….

그러고 보니, 그의 젓가락이 객잔에서 제공한 것이 아닌 은젓가락 같은데?

내 시선을 알아차렸는지 그는 움찔했다. 그리고 뒷목을 긁적이며 말했다.

"죄송합니다. 이렇게 살펴보지 않으면 소화가 되지 않아서……."

"강호를 떠도시는 동안 고생이 많으셨나 봅니다."

"아……."

그는 쓴웃음을 지었다.

"제법 다사다난했지요."

그의 말에 옆의 시종이 한숨을 내쉬었다.

"말해 뭐 합니까? 서책으로 엮으면 한 백 권은 넘을 겁니다."

팽 소협이 씩 웃었다.

"구사일생으로 살아난 경험도 많죠. 가장 먼저 생각나는 건, 흡혈괴옹을 만났을 때입니다."

"흡혈괴옹이라면, 몇 년 전에 죽었다고 들었습니다."

"알려지지 않았지만, 실은 흡혈괴옹을 벤 건 저희 도련님이십니다."

흡혈괴옹은 이름 그대로 피를 빨아 먹는 노인으로, 젊음을 갈구하며 젊은 처자의 피를 탐하는 자였다.

내 기억에 이번 삶에서도 지난 삶에서처럼 시신이 발견되었다.

그런데 그자를 벤 협객이 팽 소협이라고?

"그게 정말입니까?"

이필 무사의 물음에 팽 소협이 고개를 끄덕였다.

"그때……."

그의 설명은 마치 이야기꾼이 만든 한 편의 이야기를 듣는 듯했다.

간단하게 요약하면, 혹시 백부가 아닌가 하여 찾아갔지만, 아님을 알게 되었고 그자에게서 벗어나기 위해 베어 죽였다는 것.

솔직히 그 무공이 고강한 건 아니었지만, 귀신이라고 해도 믿을 정도의 빠른 신법 때문에 참 곤욕스러운 상대였다.

하여 여장을 해서 그를 속였고 마침 짐 속에 비상식량으로 가지고 있던 엿을 목에 둘러 이가 달라붙게 만든 후 맨손으로 양팔을 뜯어 버렸다는 거다.

역시 팽가의 핏줄답게 대단한 신력을 타고났구나 싶었다.

아니 그보다 임기응변이 대단하네.

"그런데 그걸 왜 세상에 밝히지 않은 겁니까?"

"그게…… 당시에 제 행적을 밝히고 싶지 않았기 때문입니다."

내 기억에 지난 삶에서는 엉뚱한 자가 흡혈괴옹을 죽였다고 해서 영웅 대접을 받았었는데…….

이제라도 그 이야기를 내가 들어서 다행이다.

식사를 마치고 우리는 각자 방으로 들어갔고, 잠자리에

들었다.

·

·

·

나는 불쾌한 기분에 눈을 떴다.
살기를 이리 내뿜고 있는데 어떻게 자라고.
그렇게 속으로 투덜거리며 침상에서 일어났다.
좌우 옆방에서 서우 무사와 진유 무사의 기척이 느껴졌다.
하긴 이렇게 살기를 풀풀 풍기는데, 알아차리지 못할 두 무사가 아니지.
나는 그들에게 전음을 보냈다.
- 누구를 노리는 것 같습니까?
곧바로 그들의 전음이 들려왔다.
- 팽 소협이군요.
- 팽 소협입니다.
내 짐작이 맞구나.
나는 두 무사에게 다시 전음을 보냈다.
- 칩시다.
그와 동시에 문이 열리는 소리가 들렸고, 나 역시 문을 열고 나갔다.
"……!"
두 명의 복면인이 우리를 보며 깜짝 놀랐지만, 곧 입막음을 해야겠다는 듯 우리를 향해 쇄도했다.

퍽-!
탁-!

하지만 우리가 그들에게 당할 정도는 아니지. 우리는 순식간에 그들을 제압하여 기절시켰다.

그리고 입안의 자결용 독환까지 제거한 후 내 방으로 끌고 들어왔다.

그사이 팔갑도 잠에서 깨서 밧줄을 준비해 놓고 있었다.

역시 팔갑이야.

그들을 결박했고, 서우 무사가 그들의 뺨을 후려쳐서 깨웠다.

짝-!
"헉!"
짜악-!
"허억!"

그들은 눈을 끔뻑이더니, 다급히 혓바닥을 굴렸다.

"이거 찾나 봐요?"

내가 손가락으로 가리킨, 탁자 위의 독환을 본 그들의 눈은 절망으로 물들었다.

"진짜 겁대가리가 없네요. 이 호북성에서 제 목숨을 노리다니요."

그들은 서로를 흘깃 보더니 내게 외쳤다.

"그 사실을 어찌 알았는지 모르겠지만, 그렇다!"
"우리에게 찍힌 이상, 네놈은 죽은 목숨이다!"

이봐요, 아저씨들.

지금 둘러대는 거 다 보이거든요?

저들의 목표가 팽 소협이라는 것을 숨기기 위해서인 것 같은데…….

그나저나 저들은 내가 누군지 모르나?

알면 저렇게 당당하게 내 목숨을 노리려 했다고는 말 못 할 텐데?

문득 재밌는 생각이 떠올랐다.

"그런가요? 후후후. 참으로 재미있는 선택을 하셨군요. 황제 폐하의 사람을 적으로 돌리다니 말입니다."

그들의 눈동자가 격하게 흔들렸다.

내 입에서 황제의 사람이라는 말이 튀어나올 줄은 몰랐겠지.

"아시는지 모르겠지만, 감찰어사를 습격한 죄는 황제 폐하에 대한 반역죄로 간주하죠. 마침 이 근처에 제가 잘 아는 금의위 대협이 계십니다."

"헉! 저, 저희는!"

"사실대로 말하겠습니다!"

나는 미소 지으며 검지를 입술에 가져다 대었다.

"쉿! 거기까지."

"……."

"자세한 이야기는, 금의위 대협이 펼치는 백삼십 가지 고문으로 잘근잘근 다져진 후에 해야죠. 지금 실토하면 재미가 없잖습니까?"

내 말에 기가 질린 건지, 그들은 덜덜 떨며 애원했다.

"제, 제발 실토하게 해 주십시오."

"사실대로 다 말하겠습니다. 그러니 제발 편하게 죽여 주십시오!"

"조금 호기심이 생기네요. 진실은 뭐죠?"

"저, 저희는…… 팽강운 소협의 목숨을 노리고 왔습니다."

"누구의 의뢰죠?"

"그건……."

그들 중 하나가 눈을 질끈 감으며 대답했다.

"하북팽가의 소가주입니다."

그 말에 나도 모르게 멈칫했다.

하북팽가의 소가주라면, 팽강운 소협의 백부.

"그는, 자신의 조카가 살아서 돌아와서는 안 된다고 했습니다."

그 말은 즉, 팽 소협이 팽가로 돌아오면 소가주의 입장이 곤란하다는 의미다.

"저희가 아는 건 이것뿐입니다."

"다른 것은 말해 주지 않아서 전혀 모릅니다."

그들의 애원에도 나는 단호히 고개를 저었다.

"그 정도로는 제 잠을 깨운 대가가 될 수 없습니다. 그냥 금의위 대협을 부르는 게 낫겠군요."

"정말 저희는 더는 모릅니다!"

"아뇨, 제가 궁금한 건 지금까지 두 분이 해 왔던 살행들입니다."

"……!"

"지금까지 두 분이 죽인 이들에 대해서 한 번 털어놔 보시죠."

팽 소협에 대한 살행을 의뢰받을 정도의 살수가 이번이 첫 살행일 리 없다.

그리고 저들의 살행은 정보고, 정보는 곧 돈이다.

내 단잠을 깨웠으니, 아주 탈탈 털어먹어 주마!

그렇게 그들은 자신들이 했던 살행에 대해서 이실직고했다.

"더 이상은 없습니다."

"정말 더는 없습니다."

그들의 눈을 봐도, 정말 더는 털 수 있는 게 없어 보였다.

"좋습니다."

내가 슬쩍 눈짓하자, 진유 무사와 서우 무사는 검집으로 그들의 천령개를 내리쳤다.

퍽-!

퍼억-!

그들은 순식간에 절명했다.

두 무사는 그들의 시신을 처리하기 위해 창문을 통해 나갔다.

"휘유……."

팔갑은 고개를 절레절레 흔들며 말했다.

"도련님께서 나쁜 길로 빠지지 않으셔서 정말 다행입니다요! 만약 나쁜 길로 가셨다면 가죽까지 벗겨 먹는, 희대의 악인이 되셨을 겁니다요!"

"실없는 소리 하고 있네. 그냥 연기한 거야. 그 정도는 해야, 저들의 입에서 진실이 나올 테니까."

"정말 연기가 맞습니까요?"

"응."

나는 고개를 끄덕이며 옷소매 안의 금령을 쓰다듬…….

어, 금령아, 왜 파르르 떨면서 내 손길을 피하는 거니? 너까지 그러면 나 진짜 상처받잖아.

"에휴, 차나 한 잔 줘."

"알겠습니다요."

나는 팔갑이 내준 차를 마시며, 얻은 정보를 바탕으로 생각을 정리했다.

팽 소협이 강호를 떠돌았던 이유가 단지 백부를 찾기 위함만이 아니었다는 건가?

대체 소가주는 왜 자신의 조카를 죽이려고 하는 걸까?

뭐, 현 가주에게 내쳐지지 않으려면 이렇게 살수를 동원하여 은밀히 일을 진행할 수밖에 없겠지만.

잠깐.

혹시 팽 소협이 용봉비무회가 끝나고 가문으로 돌아가지 않고 곧바로 은해상단으로 온 이유가…… 소가주의 마수에서 벗어나기 위함인가?

이번 용봉비무회를 통해 나와 서우 무사의 경지가 절정에 달했음이 알려졌다.

그리고 나는 호북성이 아닌 북경에서 낙양으로 왔다. 조금만 조사해 보면 내가 다시 북경으로 가야 한다는 것을 알 수 있을 터.

당연히 손님으로 온 그를 혼자 보내지 않을 테니, 나와 같이 북경까지 움직이겠지.

그렇다면…… 팽 소협은 자신의 안전을 위해 나를 이용한 건가?

하지만 이내 그 마음이 이해가 갔다.

그가 여기까지 오면서 보여 준 모습만 해도 그가 얼마나 시달려왔는지를 알 수 있었으니까.

그러니 용봉비무회에서 우승을 차지하고, 돌아가는 길만큼은 편하게 가고 싶었겠지.

그런데, 보통 가문에서 호위를 위해 무사들을 보내 주지 않나?

하북팽가 정도의 명문가라면 용봉비무회의 우승은 가문의 명성을 높이는 일이었으니, 그래 줄 만도 한데…….

아, 그건 팽 소협의 입장에서 달갑지 않은 일이겠구나.

자신을 경계하는 이가 소가주인 상황에서 가문의 무사들을 마냥 믿을 수가 있어야지.

그나저나 이쯤 되면 팽 소협이 올 때가 됐는데?

이미 여응암 무사와 이필 무사도 깨서 내 방문 앞을 지키고 있는데 말이지.

호랑이도 제 말하면 온다더니, 곧 팽 소협의 목소리가 들렸다.
"소단주님, 잠시 들어가도 되겠습니까?"
"들어오십시오."
문이 열리고 팽 소협이 안으로 들어왔다.
그리고,
털썩.
그는 내 앞에 무릎을 꿇었다.
솔직히 이렇게 곧바로 무릎을 꿇을 줄은 예상하지 못했기에 조금 당황했다.
"왜 그러십니까? 일어나십시오."
"아닙니다. 제가 소단주님께 죄를 지었는데 어찌 염치 없이 마주 보겠습니까?"
영악한 건지…… 아니면 사람이 좋은 건지 모르겠네.
"알겠습니다. 그럼."
내 말에 그는 순간 당황한 표정이었다.
뭐, 본인이 그러겠다는데 강제로 일으키고 싶지도 않고…….
진작 사정을 말하고 도움을 청했으면 좋았을 텐데 하는 생각도 들었고.
나를 이용했다는 것에 괘씸한 생각도 들고.
나는 의자에 앉아 그를 내려다보았다.
"그래서, 무슨 일로 찾아오신 겁니까?"
"이미 알고 계시다시피 저는 지금 목숨을 위협받고 있

습니다."

"백부인 소가주가 목숨을 노리고 있다죠?"

"……!"

내 말에 그는 움찔했다.

"어, 어떻게 아셨습니까?"

"어떻게 알긴요? 그냥 협박 좀 하니까 술술 불었습니다. 조카가 살아서 팽가에 돌아와서는 안 된다고도 했다더군요."

"……."

내 말에 그는 입술을 깨물었다.

"자, 솔직하게 털어놔 보십시오. 왜 팽가의 소가주가 조카의 목숨을 노리는 겁니까?"

"그건……."

그는 한숨을 내쉬었다.

"가주이신 조부님께서 저와 약속하신 것이 있기 때문입니다. 조부님께서는 제가 이번 용봉비무회에서 우승하면…… 소가주의 자리를 주신다고 했습니다."

"네?"

나는 고개를 갸웃했다.

"지금 소가주는……."

"네, 큰 백부님께서 소가주로 계십니다. 하지만 조부님께서는 본가의 발전을 위해서는 무공이 강한 자가 다음 대를 이어 가주가 되어야 한다고 생각하고 계십니다. 그리고 가문의 중진들도 대부분 그에 동의하고 있습니다."

"그러니까, 팽 소협이 팽가에 돌아가게 되면 지금의 소가주는, 소가주 자리에서 내려오게 된다는 의미입니까?"
"그렇습니다."
지극히 단순하고 명쾌한 이유였다.
그 정도라면 소가주가 팽 소협을 죽이려고 할 만하지.
"혹시, 그것 때문에 가문을 나와 강호를 떠돈 것입니까?"
"사실, 그렇습니다. 제가 무공에 두각을 보이기 시작하고, 조부님께서 그리 공표하신 후에…… 가문에 있으면 그대로 죽을 것 같더군요. 그동안은 일 년에 한두 번 정도였는데…… 제가 우승을 하니까 더 노골적으로 노리시더군요."
"그럼 차남인, 백부님을 찾으신다는 건?"
"강호를 떠돈 가장 큰 이유가 백부님을 찾는 것이었습니다. 그게 가문을 나설 이유가 되어 주었지요."
나는 잠시 그를 보며 고민했다.
이전 삶에서 그는 가주가 되지 못하고 죽었다.
내가 그에게 '백부를 찾았을 때 그가 가주가 되지 못한 상황에서의 대가'에 대해서 말한 것이 그 이유 때문이다.
그는 무사히 팽가로 돌아가지 못하고, 소가주에 의해 목숨을 잃었던 거다.
그렇다면 그를 무사히 팽가로 돌아가게 해서, 가주가 되게 한다면 내 편이 되어 줄 수 있지 않을까.
그간 팽 소협을 본 바에 따르면, 구명지은을 잊어버리

는 사람은 아니었다.

 거기까지 생각이 미친 나는 그에게 손을 내밀었다.

 "앞으로는 저를 속이지 마십시오. 이미 저는 팽 소협의 비밀 의뢰도 받아들인 사람이 아닙니까? 물론 팽 소협의 경계심이 무척 높다는 건 압니다. 그럴 만한 사정이 있다는 것도 알고요. 하지만 신의를 지키기로 한 저까지 믿지 않으신다면, 저는 무척 속상할 것 같습니다."

 "정말 죄송합니다. 앞으로는…… 소단주님을 믿겠습니다."

 "이제 일어나십시오."

 나는 그를 자연스럽게 일으키고 맞은편에 편하게 앉게 했다.

 "그럼, 새로운 거래를 한번 해 보죠."

 "새로운 거래라고 하시면?"

 "제가 팽 소협을 무사히, 팽가에 데려다 준다면 팽 소협은 저에게 무엇을 해 주시겠습니까?"

 "……."

 "그리고, 팽 소협이 가주가 되는 데 도움을 준다면 저에게 무엇을 해 주실 수 있으십니까?"

.

.

.

 날이 밝았다.

 간밤에 밤손님이 방문했던 일은 마치 꿈이라고 생각될

정도로 그 어떤 흔적도 남지 않았다.

핏자국이 남을까 조심한 보람이 있었다.

우리는 다시 북경으로 향했다.

호북에서 북경으로 가기 위해서는 하남을 거쳐야 했다. 그리고 하남에는 무림맹이 있는 낙양이 있다.

즉, 우리를 알아보는 이들이 많을 거라는 뜻이다.

"길을 우회하여 갔으면 합니다."

"인적이 드문 산길을 통해 이동하자는 의미입니까?"

내 물음에 그는 고개를 끄덕였다.

"그렇습니다."

"왜입니까?"

"그야, 사람이 많으면 그만큼 경계해야 할 대상도 늘어나기 때문입니다."

"물론 그렇긴 하죠. 하지만 그보다 우선 생각해야 할 게 있습니다. 팽 소협, 살수들이 가장 신경 쓰는 게 무엇이라고 생각하십니까?"

"그건……."

팽 소협이 쉽사리 대답하지 못하자, 진유 무사가 대답했다.

"다른 이들입니다. 목격자가 없어야 그 짓을 오래 할 수 있으니까요. 그리고 주변에 다른 이들이 없어야 방해 없이 재빨리 대상자의 목숨을 취하고 도망갈 수 있습니다. 그래서 살수가 가장 좋아하는 최적의 장소는 인적이 드문 곳입니다."

전직 살수였던 진유 무사의 말이다.

"만약 살수의 손아귀에서 벗어나고 싶다면 오히려 사람이 많은 곳이 더 낫습니다. 살수도 섣불리 손을 쓰지 못하니까요."

"하지만…… 누가 살수인지 어떻게 압니까?"

그 물음에 내가 대답했다.

"그래서 더더욱 하남을 통과해야 하는 겁니다."

"네?"

"정확히는 낙양이죠. 방법이 있으니 걱정하지 않으셔도 됩니다."

그렇게 낙양을 향해 나아갔고, 그 와중에 밤손님이 두 번 정도 방문했다.

이 정도면 진짜 팽가의 소가주는 조카를 죽이는 데 진심인데?

물론 우리가 쉽게 당할 사람들은 아니지.

그들 모두 우리 손에 제거되었다.

.
.
.

밤이다.

이제 내일이면 우리는 낙양에 들어선다. 나는 여응암 무사에게 지시를 내렸다.

"여 무사님께서 해 주셔야 할 일이 있습니다."

"말씀하십시오."

"낙양에 소문을 퍼트려 주십시오. 내일 용봉비무회의 우승자 쾌도거웅(快刀巨雄) 팽강운 소협과 용봉비무회의 영웅 선협미…… 큼, 크흠! 선협미랑 은서호 소단주와 그 호위인 백접검웅 서우 무사가 온다고요."

"알겠습니다."

"어서 가세요."

나는 자리에서 일어나며 말했다.

"저는, 밤손님을 맞이해야 할 것 같으니 말입니다."

벌써 몇 명째냐?

망할 새끼!

근처에 팽 소협이 있으면 위험하니, 얌전히 방 안에 있으라고 한 후 다른 무사들과 함께 살수들을 처리하러 움직였다.

날이 밝았다.

우리는 아침을 먹자마자 낙양으로 향했고, 저녁쯤에 낙양의 초입에 들어섰다.

그곳에서 대기하고 있던 여응암 무사가 합류했다.

"주군의 명대로 이행했습니다."

"수고하셨습니다."

우리가 낙양으로 들어서기 무섭게 주변에 인파가 모여들었다.

"저분이 선협미랑 소협이시라고?"

"명호가 아깝지 않을 정도로 잘생기셨군."

"너무 잘생겼어……."
"소저 여럿 울리겠군."
사람들의 그 대화에 내 얼굴이 화끈거렸지만, 참고 묵묵히 말을 몰았다.
사람들의 관심은 비단, 나에게만 있지 않았다.
용봉비무회의 우승자인 팽 소협에게도 사람들의 관심이 집중되었으니까.
"쾌도거웅 소협이다!"
"저분도 엄청 훤칠하시군!"
"저분이 팽가를 부흥시킬 거라는 분인가?"
이제 사람들도 슬슬 모였겠다…… 시작해 볼까?
"협-!"
나는 재빨리 몸을 날렸고, 화려하게 공중을 날았다.
탁!
땅에 착지한 내 손에는 한 자루의 비수가 잡혀 있었다. 정확하게 말하면, 검지와 중지로 칼날을 잡은 모양새였다.
그리고, 서우 무사가 어디론가 파바박 소리를 내며 달려갔다.
하지만 곧 돌아왔고, 나에게 부복하며 말했다.
"송구합니다. 놓쳤습니다."
이 일련의 상황에 사람들은 당황하여 두 눈을 깜박였다. 대체 무슨 상황인가 싶은 것이다.
나는 그들에게 포권하며 말했다.
"당황스럽게 하여 송구합니다. 사실 방금 여기 팽 소협을 노리는 살수의 공격이 있었습니다."
"뭐? 살수?"
"쾌도거웅 소협을 노렸다고?"
사람들은 웅성거리기 시작했다.
아, 물론 다 연극이다.
나는 웃음이 나오려는 것을 참고 차분히 설명했다.
"사실, 팽 소협에 대한 살수의 공격은 이번이 처음이 아닙니다. 저와 함께 이곳으로 오는 동안 네 번이나 공격을 받았습니다. 제 생각으로는 아마도 용봉비무회에서 우승한 것에 대한 질투가 아닌가 싶습니다."
"저런!"
"그런 천인공노할 자들이 있나!"
"마침, 이렇게 수많은 분들이 모여 있으니 모두에게 분명히 밝히려 합니다."
나는 모두를 둘러보며 말했다.
"팽 소협은 제 생일 연회까지 친히 찾아와 축하해 준 분이며, 은해상단의 손님이기도 합니다. 이런 분을 해하려 하다니! 저는 용서할 수가 없습니다."
좌중은 조용히 내 말에 집중했다.
나는 그런 그들에게 당당히 선언했다.
"만약, 팽 소협에 대한 살행을 행하려고 하는 자를 발견한다면 저에게 말씀해 주십시오. 이에 대한 사례금으로 은자 삼천 냥을 걸겠습니다."

* * *

 은서호가 팽강운을 노리는 살수에 대해 은자 삼천 냥을 걸었다는 소문은 삽시간에 퍼져 나갔다.
 하남에 위치한 한 살수집단.
 하북팽가 소가주의 의뢰를 받은 그들은, 모처럼 같은 생각을 하게 되었다.
 '저 새끼를 고발하고, 팔자 좀 펼까?'
 '저 자식을 고발하고, 사례금을 받아야겠군.'
 '은자 삼천 냥이면 기와집이 몇 채냐? 저 새끼들을 고발하면 그 돈은 다 내 거라는 뜻이잖아?'
 순간 그들은 눈이 마주쳤고, 이내 서로가 같은 생각이라는 것을 알아차렸다.
 챙—!
 검이 부딪혔다.

66장. 툭자는 과감하게

투자는 과감하게

낙양에서 머무는 동안, 밤손님은 찾아오지 않았다.
대신 팔갑이 재밌는 소식을 전해 주었다.
"저잣거리에 나갔다가 흥미로운 이야기를 들었습니다요."
"응? 무슨 이야기?"
"낙양 동쪽에서 열댓 명 정도 되는 이들의 시신이 집단으로 발견되었다고 합니다요."
"뭐?"
"그들을 조사한 결과, 하남에서 제법 골치를 썩이던 살수집단이었다고 합니다요. 저들끼리 서로 싸워서 자멸한 것이 현청의 조사 결과라고 합니다요. 그런데 말입니다요."
팔갑이 웃었다.

"그 살수집단의 이름이 은림(隱林)이라고 합니다요."
"······."
잠깐, 은림이라면 팽 소협을 노리던 살수가 밝혔던 자신의 소속이잖아?
그리고 낙양 동쪽에 본거지가 있다고 했었지.
이거, 무슨 일이 있었는지 알 것 같았다.
내 '사례금 전략'이 잘 먹힐 거라고 생각은 했지만, 이렇게까지 잘 먹힐 줄은 몰랐다.
"어쩐지, 밤손님이 안 온다 싶었지······."
뭐, 좋은 일이니 기뻐할까?

* * *

그 시각.
팽강운은 낙양에 잡아 둔 객잔의 객실에서 초조한 표정으로 앉아 있었다.
"너무 긴장하지 마십시오."
시종의 말에 팽강운이 한숨을 내쉬며 말했다.
"솔직히 저는 아직도 확신이 서지 않습니다. 이렇게 사람들이 바글바글한 낙양에 제 발로 오다니 말입니다!"
"걱정하지 마십시오. 제가 본 은서호 소단주는 저희를 무사히 본가까지 데려가 줄 것입니다. 그는 은해상단을 지금의 위치까지 올린 대단한 사람입니다."
"······."

"또한, 진정한 상인은 거래 앞에서 물러남이 없습니다. 그와 그런 거래를 맺었으니 틀림없이 저희는 안전할 겁니다."

"아저씨의 말대로 곧바로 가문으로 향하지 않고, 가문에서 보내 준 호위도 물리치고 은서호 소단주를 만나러 간 건…… 정말 잘한 일일까요?"

"그럼요. 잘하신 일입니다. 그를 직접 만나 이야기를 나누었음에도 느껴지시는 게 없습니까?"

시종의 물음에 팽강운은 잠시 은서호와 이야기를 나누었을 당시를 떠올렸다.

"그러고 보니…… 이상하게 그와 이야기를 하는 내내 편안했습니다. 그리고 그에 대한 신뢰가 생기더군요. 하지만 지금까지 겪은 상황들을 생각해 보면, 다른 이를 쉬이 믿을 수 있는 상황이 아니잖습니까? 하지만……."

그는 고개를 절레절레 흔들며 말을 이었다.

"저를 위해 은자 삼천 냥을 걸다니! 솔직히 뜻밖이었습니다. 그 거액을 선뜻 건 배포도 놀랍고요……."

"원래 천재의 생각은 짐작조차 어렵다고 합니다. 제가 본 은서호 소단주는 범상치 않은 인물이었습니다. 그러니 믿고 차분히 기다리셔도 됩니다."

그때였다.

"저, 안에 계십니까?"

은서호의 목소리다.

"아, 들어오십시오."

그리고 동시에 그들은 긴장했다. 혹시라도 다른 인물이 들어 올 수도 있었으니까.

그 대답에 문이 열렸고, 아름다운 얼굴이 보였다. 선협 미랑이라 불릴 정도로 수려한 외모.

인피면구를 아무리 기가 막히게 잘 만들어도 저 얼굴은 불가능했다.

"어서 오십시오."

"사실, 말씀드릴 것이 있어서 이리 찾아왔습니다."

"네."

"제 시종이 저자에 나갔다가 재밌는 이야기를 들었다고 하더군요."

그리고 은서호는 미소를 띤 채 팔갑에게 들었던 이야기를 전해 주었다.

그 말에 팽강운은 어처구니가 없다는 듯 더듬거리며 물었다.

"그, 그러니까⋯⋯ 그들이 자멸했다고요?"

"예. 뭐, 안 봐도 뻔합니다. 그들에게 동료애가 있겠습니까? 다른 이들을 밀고하고 은자 삼천 냥을 혼자 먹겠다는 생각이었겠지요. 그리고 모처럼 모두가 같은 생각을 했겠죠."

"⋯⋯."

"잘된 일 아닙니까?"

"네, 그렇군요. 정말 잘된 일입니다."

팽강운은 그제야 의문 하나를 풀 수 있었다.

왜 그가 사람이 많은 낙양으로 가자고 했는지.

최대한 많은 이들에게 사례금에 대한 이야기를 들려주고, 그게 퍼지게 하기 위함이었다.

"그런데 표정이 뭔가 석연치 않으신 듯하군요."

팽강운은 잠시 망설이다가 입을 열었다.

"사실, 그렇습니다. 한 가지 이해가 되지 않는 것이 있어서 말입니다."

"말씀해 보십시오."

"어째서 저를 위해 그 거금을 내거신 겁니까? 열 사람만 찾아와도 은자 삼만 냥입니다."

"아…… 그거 말입니까?"

팽강운의 물음에 은서호는 태연하게 대답했다.

"투자란 말입니다, 과감하게 하는 겁니다."

"네?"

"물론 확신이 없는 것에는 그렇게 하지 않죠. 하지만 확신이 있다면, 과감하게 써야지, 안 그러면 죽도 밥도 안 됩니다."

"그 말은…… 그러니까……."

"저는 팽 소협에 대한 확신이 있다는 의미입니다."

그 말에 팽강운은 할 말을 잃었다.

'나를 이렇게까지 믿어 주는데, 나는 은 소단주를 믿지 못했다.'

팽강운은 그런 자신이 부끄러웠다.

* * *

나는 팽 소협의 방을 나섰다.
이제, 내일 우리는 낙양을 벗어난다.
무림맹주가 우리에게 사람을 보내어 저녁을 먹자고 청하는 바람에 일정이 살짝 늦어졌다.
사실 그것도 예상했던 일이다.
맹주는 호위대를 보내어 우리를 데리러 왔다. 맹주의 호위대가 우리를 호위하는데 어느 간 큰 살수가 우리를 노릴까?
그러면 단번에 무림 공적이 되어 발붙일 곳이 없게 될 텐데 말이지.
덕분에 잘 얻어먹고 왔다.
그나저나 팽 소협은 고작 은자 삼천 냥에 감동한 건가?
아까 그에게 말한 것은 진심이자 내 신념이다.
확신이 있다면 투자는 과감하게 해야 한다. 물론 그 확신을 위해서는 수많은 정보를 취합하는 등의 어려운 과정이 있지만.
그나저나 팽 소협은 알려나?
내 투자는 아직 시작도 하지 않았다는 것을?

다음 날,
우리는 객잔을 나섰다.
이제 하북까지는 얼마 남지 않았다. 물론 하북팽가가

있는 북경까지는 좀 더 가야 했지만.

 후, 아무리 생각해도 이 제국의 땅덩어리는 참 크단 말이지.

 하지만 내가 지른 사례금 삼천 냥의 효과 덕분에 아주 편하게 북경으로 향할 수 있었다.

.

.

.

 낙양을 벗어나 하북으로 넘어온 지 며칠이나 지났을까?

 우리는 드디어 북경에 도착했다.

 "이 근처에 제가 잘 아는 객잔이 있습니다. 그곳에서 잠시 머무는 게 좋을 듯합니다."

 "알겠습니다."

 "그리고 이제부터가 가장 위험합니다. 팽 소협이 팽가에 가까워진 만큼, 저쪽에서도 수단과 방법을 가리지 않을 테니까요."

 내 말에 팽 소협과 그의 시종이 고개를 끄덕였다.

 그들도 아는 거다.

 더 이상 저들이 시간을 끌 수 없다는 것을.

 팽 소협이 팽가에 들어가는 순간 소가주의 자리가 넘어가게 되니, 그 전에 무슨 수를 써서라도 팽 소협을 제거하려 할 것이다.

 그게 위험부담이 있는 방법이라고 해도.

물론 나 역시 수단과 방법을 가릴 생각이 없다.

북경은 하북팽가의 본거지지만, 동시에 내 무대이기도 하니까.

나는 이필 무사에게 미리 준비한 서신을 건넸다.

"이필 무사님."

"네."

"이걸, 전해 주세요."

"알겠습니다."

곧 우리는 한 객잔에 도착했다.

"이 객잔, 괜찮은 겁니까? 혹시 저희로 인해 이 객잔에 피해가 가게 된다면……."

역시 사람이 좋네.

나는 씨익 웃으며 말했다.

"괜찮습니다. 걱정할 만한 일은 없을 겁니다."

왜냐하면, 이 객잔은 팽 소협이 생각하는 평범한 객잔이 아니거든.

* * *

하북팽가.

"뭐? 그 녀석이 북경에 도착했다고?"

"그, 그렇습니다. 이제 머지않아 본가에 도착할 듯합니다."

쨍그랑!

팽가의 소가주, 팽문의 손에 쥐어져 있던 값비싼 찻잔이 박살이 났다.

"빌어먹을! 그 새끼들은 대체 일을 어떻게 했기에 그 녀석이 멀쩡히 이 북경 땅을 밟아?"

"저, 그것이……."

"뭔가?"

"함께 동행하는 은해상단의 은서호 소단주가…… 사례금을 거는 바람에."

"사례금? 대체 얼마나 걸었기에?"

"은자 삼천 냥을……."

"컥!"

그 말에 놀라 사레가 들려 버렸다.

"켁켁!"

"괜찮으십니까?"

간신히 진정한 그는 빽 소리쳤다.

"아니! 그 작자는 돈이 썩어나? 왜 그딴 짓을?"

"그래서 저희가 의뢰했던 살수 집단들이 몸을 사리거나, 서로 그 사례금을 탐내다가 자멸했다고 합니다."

"젠장!"

그는 이를 갈았다.

'내가 어떻게 손에 넣은 소가주 자리인데!'

가문의 장남으로 태어났지만, 애초부터 소가주는 그의 것이 아니었다.

가문의 규율은 강한 자가 가주가 되는 것.

그의 아버지이자 현 가주는 "그게 무너졌기에 본가가 황보가에 밀리는 것이야! 이제부터는 그 기조를 바로 세우겠다!"라고 선언했다.

하여 내정된 소가주는 일곱 명의 자녀 중 둘째인 팽성이었다.

팽문은 이를 순순히 받아들일 수 없었다.

이 가문은 자신의 것이다. 결코, 뺏길 수 없었다.

그 대상이 같은 어머니를 둔 친동생이라고 할지라도!

그래서 기어코 둘째를 내쫓는 데 성공했다.

그의 아버지는 이 상황을 탐탁지 않아 했지만, 세가의 안정을 위해 어쩔 수 없이 그를 소가주로 임명했다.

그리고 다른 형제들은 그를 두려워하여 나서지 못했다.

하지만 전혀 예상치 못한 일이 발생했다.

동생 중 하나인 팽목의 장남 팽강운에게서 무재를 발견한 가주가 대뜸 선언을 해 버렸기 때문이다.

"본가는 강자가 가주가 되어야 마땅한 곳이지. 그리고 나는 너에게서 희망을 봤다."

"감사합니다."

"가주가 되고 싶으냐?"

"기회가 주어진다면, 마다하지 않겠습니다."

"그래, 사내라면 그런 기백이 있어야지. 이렇게 하자꾸

나. 용봉비무회에 출전해라. 그곳에서 우승한다면 너를 소가주로 세우마."
"네? 하지만 소가주는 백부님께서……."
"자질이 안 되는 소가주는 갈아치워야지."
"……!"
"이 가문을 위한 일이니, 그 녀석이 팽가의 일원이라면 스스로 내려올 것이다."

그가 심어 놓은 사람을 통해 들었던 말이 뇌리에 또렷하게 남아 있었다. 그리고 자신의 아버지는 한다면 하는 사람이다.
이에 팽강운을 죽이고자 했지만, 그 녀석은 끈질기게 살아남았고 결국 이번 용봉비무회에서 우승까지 해 버렸다.
이를 본 하북팽가의 가주는 기뻐했다. 그 옆에 있었기에 그는 분명히 들었다.
자신의 아버지가 "약속은 지켜야지."라고 중얼거렸던 그 말을…….
그는 자리에서 일어났다.
"지금 그 녀석은 어디에 있지?"
"세풍객잔에서 머물고 있습니다."
"세풍객잔이라……."
그는 자신의 방에 걸어 두었던 도를 집어 들며 말했다.
"애들을 모아라. 더는 시간이 없다. 내가 확실하게 끝

낼 수밖에."

"알겠습니다."

더는 다른 이의 손에 맡겨 둘 수 없어졌다.

자신이 조카를 죽였다는 것을 아버지가 알게 된다고 해도 상관없다.

'이 일을 자초한 건, 아버지이십니다.'

잠시 후.

그는 자신이 부리는 무사들과 함께 세풍 객잔으로 향했다.

"저곳인가?"

"네. 그렇습니다. 그런데 어찌하실 생각이십니까?"

"저곳의 모든 이들을 죽인다."

"네에?"

"그리고, 살마가 나타나 그리했다는 소문을 퍼트리면 되는 일 아닌가?"

"그, 그건……."

"왜? 겁나나?"

"아닙니다. 이미 주군을 따르기로 했는데 무엇이 겁이 나겠습니까? 다만……."

"뭐지?"

"뭔가 좀 감이 좋지 않은 것이……."

"그냥 기분 탓이다."

팽문은 부하의 우려를 일축했다.

그러고는 도를 단단히 부여잡고 세풍객잔을 향해 달려들었다.

콰직-!

단번에 문을 박살 내고 들어선 그들은 당황하고 말았다. 그건 마치 그들의 습격을 예상이라도 한 듯이 무기를 든 자들이 그들을 맞이했기 때문이다.

그리고…….

"젠장! 소가주! 자네 미쳤는가?"

그곳에 있던 낯익은 얼굴의 남자가 버럭 소리를 질렀다.

"이곳이 어디라고 지금 무기를 들고 쳐들어와?"

"다, 당숙? 당숙이 왜 여기에 계십니까?"

"지금 회식 중이네"

"네?"

"지금 금의위 회식 중이라고."

"……."

그때 팽문은 저 한쪽에 앉아 있던 수려한 외모의 남자를 보았다.

그 얼굴을 보는 순간, 팽문은 깨달았다.

자신은 이곳에 오지 말았어야 했다.

* * *

나는 금의위 대협들에 의해 추포되는 이들을 보며 속으

로 혀를 찼다.

그러니까 왜 저런 무리수를 둔 건지.

내가 이필 무사를 통해 보낸 서신은 진영 대협에게 보내는 서신이다.

이번 용봉비무회에서 본의 아니게 영웅이 되었고 이는 금의위 대협들 덕분이니 한턱 거하게 사겠다는 내용의 서신이었다.

그리고 내가 고른 장소는 세풍객잔.

그곳은 금의위의 비밀 안가 중 한 곳이다.

다른 곳도 아니고 세풍객잔이니만큼, 그들은 마음 놓고 모인 것이다.

그렇게 이 상황을 만든 건 나였지만, 이 상황을 완성한 건 소가주였다.

그나저나 이 상황에서 팽가의 가주는 어찌 나오려나?

미우니 고우니 해도 그의 아들이다. 어떻게든 수를 써서 빼내긴 하겠지.

그것도 예상은 하고 있다.

현 황제가 황보세가를 중용하고 있기에 조금 밀리기는 해도 군부에 종사하는 팽가 사람들의 수는 적지 않으니까.

팽가의 가주가 분주하게 움직일 터이니, 반역죄로 엮어서 보내 버리는 건 무리지.

황제가 칼춤을 추기로 하면 모를까.

하지만 내가 아는 황제는 이걸 빌미로 팽가의 목줄을

틀어줄 분이니 그럴 일은 없다.

내가 이 일을 계획한 진짜 이유는 시간을 벌기 위해서다.

팽 소협이 무사히 가문에 돌아가서, 소가주가 되고, 자신의 세력을 만들 수 있는 시간을.

그렇게 일을 정리한 나는 팽 소협의 방으로 향했다.

"오셨습니까?"

"보셨습니까?"

"네. 창문을 통해 봤습니다."

"이제 출발할 준비 하십시오. 팽가를 손에 넣으러 가 봅시다."

.

.

.

우리는 하북팽가로 들어섰다.

팽가는 그야말로 난리가 나 있었다.

그도 그럴 것이, 가문의 소가주가 무기를 들고 단체로 회식 중이던 금의위들을 습격한 일이 발생한 것이다.

초유의 사태이니만큼 가문 전체가 바짝 긴장한 상태였다.

그렇기에 돌아온 팽 소협을 맞이한 자는 그의 아버지뿐이었다.

"아버지, 소자 돌아왔습니다."

"무사히 돌아와서 정말 다행이구나. 많이 걱정했는데

참 제때 잘 돌아왔구나."

그의 이름은 팽목.

현 가주님의 네 번째 자식이며, 셋째 아들이기도 했다.

그의 바로 앞에 장녀가 있으니까.

물론 이미 혼인을 해서 팽가에 거하고 있지 않지만.

그 역시 팽가의 피를 이어받아서인지, 체구가 무척 컸지만, 어딘가 호리호리한 느낌이 드는 인물이었다.

그나저나 방금 팽 소협에게 한 말을 보니, 그 역시 소가주인 자신의 형이 팽 소협의 목숨을 노리고 있음을 알고 있는 것 같았다.

"그런데 옆에는?"

"아, 제가 무사히 가문으로 돌아올 수 있도록 도움을 주신 분입니다."

나는 공손히 포권하여 고개를 숙였다.

"은해상단의 은서호입니다."

"강운이의 아비, 팽목이라 하네."

"이리 팽가의 거목 중 하나를 뵙게 되어 영광입니다."

"거목이랄 것까지는 없네. 자네야말로 그 소문이 자자한 선협미랑이 아닌가?"

역시 나에 대해 알고 있었다.

그는 미안한 얼굴로 말을 이었다.

"마땅히 연회를 베풀어 맞이해야 하지만, 지금 가문의 사정이 좋지 않아 그러지 못함을 양해해 주게나."

"괘념치 않으셔도 됩니다."

이 사달, 제가 만든 거니까요.

좀 죄송스럽기는 하지만, 가주의 아버지가 되면 서로 좋은 거니까.

그때 팽 소협이 물었다.

"어머니께서는……."

"지금 내 어머니께서 부인들 모두를 소집하셔서, 그곳에 계실 거다. 이따가 찾아뵙거라."

"네."

아마도 팽가의 가모가 "내 아래 모두 집합."을 시전하신 듯했다.

집안이 발칵 뒤집힌 상황에서 부인들의 처신 역시 중요하니 이에 대해 당부하기 위함이겠지.

팽 소협의 아버지가 나를 보았다.

"원하는 만큼 머물다 가게나. 처소는……."

"제 별당에서 함께 머물겠습니다."

"그럼, 그렇게 하도록 해라."

"감사합니다."

"체류를 허락해 주셔서 감사합니다."

그렇게 우리는 간단하게 인사를 마치고 팽 소협의 별당으로 향했다.

"제 별당에 머물겠다고 하시니, 감사하긴 합니다만 솔직히 시설이 썩 좋지는 않습니다."

"상관없습니다. 그런데 개인적으로 호위무사는 두지 않으시는 겁니까?"

내 물음에 그는 고개를 끄덕였다.

"예, 그 호위에게 역으로 당해서 죽을 뻔한 뒤로는 별로 내키지 않아서……."

"그렇군요. 하지만 호위는 있어야 합니다. 본인이 화경의 고수라면 모르지만, 그게 아닌 이상 혼자서 모든 위협을 막아 낼 수는 없으니 말입니다."

"하아, 소단주의 말이 맞습니다."

"또한, 팽 소협의 세력을 구축해야 합니다. 가주님과 중진들이 팽 소협이 소가주가 되는데 찬성한다고 해도 세력이 없다면 언제든지 뒤집힐 수 있습니다."

"하지만…… 이미 많이 늦지 않았습니까?"

그 말에 나는 고개를 끄덕였다.

"솔직히 말하면, 팽 소협의 말대로 늦긴 했죠. 하지만 저에게는 방법이 있습니다."

나는 옆에 조용히 있던 팔갑을 불렀다.

"팔갑아."

"네, 도련님."

"오늘부터 이 팽가 내의 사람 중에 내가 말한 조건에 해당하는 이들을 찾아 봐."

"알겠습니다요. 그래서 조건이 뭡니까?"

"신의가 있는데, 돈이 무척 궁한 이들."

내 말에 팔갑이 씩 웃었다.

"무슨 말인지 알겠습니다요."

하북팽가는 팽씨 성을 가진 이들로 이루어진 가문이

다. 하지만 모든 가문의 구성원들을 팽씨 성을 가진 이들로만 채울 순 없다.

허드렛일을 하는 하인과 하녀들은 물론이고, 무사들의 반 이상은 팽씨 성이 아니다.

하북팽가를 위해 존재하는 봉신 가문 출신도 있고, 그런 것과 상관없이 먹고 살기 위해 몸을 위탁한 이들도 있다.

일차적으로는 그들을 공략한다.

그리고 팽씨 성을 가진 이들 중에서도 돈이 궁한 이들이 있을 터.

팽 소협에게 듣기로 성년이 되면 가문에서 지원하는 금액이 반으로 줄어든다고 했다.

그리고 서른 살이 넘으면 가문의 지원은 대부분 사라진다고.

그 이야기를 듣자마자 떠오른 생각이다.

돈이 궁한 팽씨 성을 가진 이들이 두 번째로 공략할 이들이다.

.

.

.

팔갑은 내 명을 충실히 이행했다.
"여기 명단입니다요."
나는 팔갑이 건넨 명단을 보았다. 역시 팔갑이야.
고작 이틀밖에 되지 않았는데, 제법 많은 이들의 이름

이 적혀 있었다.

나는 그것을 들고 팽 소협에게 향했다.

그동안 팽 소협에 대한 위협은 없었다.

그도 그럴 것이 팽문 소가주와 그가 이끄는 무사들이 아직 황궁에 잡혀 있는 상황이다.

팽문 소가주의 세력도 섣불리 손을 쓸 수 없을 테고, 다른 이들은 본인의 안위를 신경 쓰느라 정신없을 테니까.

"들어가겠습니다."

"네."

나는 안으로 들어갔고, 그의 앞에 앉았다.

"여기 팽 소협께서 본인의 세력으로 만들어야 하는 이들의 명단입니다."

나는 그걸 건넸다.

"이제부터가 중요합니다."

내가 옆을 돌아보며 눈짓하자, 이필 무사와 여응암 무사가 함께 들고 왔던 상자를 열었다.

"……!"

그걸 본 팽 소협과 그의 시종의 눈이 커지고 입이 떡 벌어졌다.

그도 그럴 것이, 그 상자 안에는 은자가 가득했기 때문이다.

그것도 두 명의 일류 무사가 함께 들고 올 정도로 무거운 상자였다.

"이걸로 그 명단에 적힌 이들의 마음을 사시면 됩니다."

내 말에 그는 잠시 눈을 감았다 떴다.

그의 눈빛에는 밝은 정광이 담겨 있었다.

"말씀은 감사합니다만, 조금 우려가 됩니다. 돈으로 사람의 마음을 산다면, 다른 이가 더 큰돈을 제시했을 때 그 돈을 보고 저를 배신할 수 있다는 의미가 아닙니까?"

역시 바른 사람이다.

"팽 소협의 말, 맞습니다. 사람과 사람이 서로의 마음을 보아야지 그 돈을 봐서는 안 되죠. 그런데 처음 사람을 봤을 때 그 마음을 어떻게 압니까?"

"……."

"사람은 눈에 보이는 것에 마음이 가게 되어 있습니다."

나는 발로 돈이 들어 있는 상자를 툭 찼다.

짤랑.

"이 돈으로, 우선 호감을 사는 겁니다. 그리고 팽 소협의 세력을 만드는 데 있어 제가 돕는 건 여기까지입니다."

"그럼?"

"네, 돈으로 산 호감이 진짜 신뢰가 되게 하는 것이 팽 소협께서 해야 할 일입니다."

돈을 통해 이어진 인연이라고 해도, 팽 소협의 바른 마음이라면 얼마든지 그들을 진짜 자신의 사람으로 만들 수 있을 터.
 팽 소협은 고개를 끄덕였다.
 "알겠습니다. 반드시, 그리하겠습니다."
 이제 슬슬 이곳을 떠날 때가 되었다. 그전에 내가 팽 소협을 위해 해야 할 일이 있다.
 "그리고, 팽가의 가주님을 뵙고 싶습니다."

.

.

.

 내가 팽 소협에게 가주와의 만남을 요청하고 이틀 뒤.
 팽 소협은 내 예상보다 훨씬 잘 해 주고 있었다. 벌써 명단에 있는 인물 중 삼분지 일을 만나 환심을 산 것이다.
 "그들에게 지지를 약속받았습니다."
 "잘하셨습니다."
 "그리고, 아까 조부님께 전갈이 왔습니다. 오늘 저녁 식사를 마치고 벽성당(碧星堂)으로 오라고 하십니다."
 벽성당은 가주가 거하는 곳이다.

 그날 저녁.
 나는 약속 장소로 향하며 하북팽가 가주님의 모습을 떠올렸다.
 이번 용봉비무회 때 내가 본의 아니게 영웅이 되면서 함께 식사할 때 짧은 대화를 나누었던 기억이 있다.

기골이 장대한 데다가 그 인상도 매서워서 마치 호랑이를 보는 듯했었지.

척-!

벽성당의 앞에 서 있던 무사들이 창을 교차했다.

"무슨 용무이십니까?"

"은해상단의 은서호입니다. 가주님을 찾아뵙기 위해 왔습니다."

"잠시만 기다리십시오."

뒤쪽 무사가 안쪽에 들어갔다 나오더니 말했다.

"드시랍니다."

착-!

무사들은 창을 다시 세웠고, 나에게 고개를 숙였다.

"실례했습니다."

그 기세에 날이 서 있는 것이, 훈련이 잘되어 있음을 알 수 있었다.

내가 안으로 들어가자, 시종으로 보이는 이가 내게 다가왔다.

"저를 따라오십시오."

벽성당은 솔직히 당이라기보다는 전이라고 해야 할 정도의 규모였다.

하지만 이곳은 지척에 황제가 있는 북경이다.

눈 밖에 나지 않게 조심해야 했으니, 건물 이름도 검소하게 벽성전이 아닌 벽성당이라고 한 거겠지.

"은서호 소단주가 방문했습니다."

"들어오게."

문이 열리고, 나는 안으로 들어갔다. 저 앞에 앉아 있는 팽 가주님의 모습이 보였다.

열 걸음 정도 남았을 때, 나는 포권하여 고개를 숙였다.

"은해상단의 은서호가 팽가의 주인을 뵙습니다."

"……제법 발칙한 짓을 저질렀더군."

아, 내가 한 일을 아셨나 보군.

하긴, 그 정도도 알아내지 못하면 이런 거대 세가를 이끌 자격이 없지.

나는 고개를 들며 말했다.

"무슨 말씀이신지 잘 모르겠습니다만."

"시치미 떼지 마라! 네놈이 일부러 금의위 무사들을 불러 회식을 하지 않았더냐? 그리고 그건 네놈의 계략이겠지."

"아아…… 그거 말씀이십니까?"

나는 가주님에게 반문했다.

"가주님, 그곳에 소가주가 오지 않았다면, 그래서 회식을 방해하지 않았다면 제가 무슨 계략을 꾸몄든 성공할 수 있었을까요?"

"……."

"그리고, 저는 제 소중한 손님을 보호하기 위해서 어쩔 수 없었습니다. 그럼, 숙부가 조카를 죽이겠다고 달려드는데 순순히 칼 맞고 뒤져 줍니까?"

내 당당한 태도에 가주님은 가만히 나를 바라보았다.
"하하하하하!"
그러더니, 이내 파안대소하셨다.
이 노인네가 갑자기 왜 저러는 거래?
"암! 그렇지! 그렇고말고!"
자신의 아들이, 손자를 죽이려고 했다는 말을 들었는데 그 반응이 이상했다.
그 말인즉, 이미 알고 있다는 의미다.
하긴 아비가 자신의 아들에 대해 모를까?
게다가 내 앞의 인물은, 팽가를 이끌어 가는 가주다.
자신이 손자에게 소가주의 자리를 약속했을 때 자신의 아들이 손자에게 위해를 가할 것을 충분히 예상할 수 있었을 터.
가볍게 떠볼까?
"그나저나 손자가 죽을 고비를 넘기고 있는데, 보호해 주셔야 하는 것 아닙니까?"
가주님이 옅은 미소를 지은 채 대답했다.
"그 정도도 이겨 내지 못하고, 어찌 제 숙부를 밀어내고 소가주가 될 수 있을까?"
내 짐작이 맞았다.
가주님은 일부러 그런 발언을 해서 소가주의 경쟁심에 불을 붙인 거다.
그리고 팽 소협이 그 시련을 이겨 내고 스스로의 힘으로 소가주의 자리를 차지하는 것을 보고 싶으셨겠지.

그런데, 가주님.

제가 없었으면 팽 소협은 죽었습니다. 그리고 팽가는 이대로 쇠락해 버렸겠죠.

아무래도 가주님은 팽문 소가주의 비열한 계략과 소가주 자리에 대한 집착을 과소평가하신 듯했다.

그나저나 내 지난 삶에서 팽 소협이 죽었을 때 가주님은 무슨 생각을 하셨을까?

가주의 재목이 아니었다며 혀를 차고 말았을까? 아니면 자신의 잘못이라고 자책하고 후회하셨을까?

"그래서, 그 녀석을 돕는 대신에 뭘 받기로 했지?"

"무슨 말씀이십니까?"

"네 녀석이 선혐미랑이라는 이름으로 불리고 있지만, 나는 네 본질을 안다. 너는 장사꾼이고, 장사꾼은 절대 손해 보는 짓을 하지 않는다."

그는 말을 이었다.

"그러니 무슨 거래를 했는지 알아야겠다."

그 말에 나는 포권하며 말했다.

"죄송합니다만, 가주님. 원래 거래라는 건 당사자 외에는 비밀이 기본 아니겠습니까?"

"그래서 말할 수 없다는 것이냐?"

당연히 말 못 하지.

내 입으로 신뢰 어쩌고 했는데, 내가 먼저 말을 하는 건 상인의 도리가 아니다.

"네. 말씀드릴 수 없습니다."

"그래?"

순간 그에게서 기세가 뿜어져 나왔다.

그 기세는 마치 바위처럼 나를 짓눌렀다. 내가 절정이기에 더더욱 그 기세가 선명하게 느껴졌다.

주룩, 툭.

겨울로 접어들고 있어 공기가 찬데도, 내 이마에서 땀이 흘러 바닥에 떨어졌다.

나를 집어삼킬 듯한 거대한 위압감.

하지만 절대 굴복할 수 없다. 왜냐하면, 이건 가주님의 시험이니까.

이 시험을 통과하지 못하면 지금까지 쓴 돈은 허공에 날리는 거다.

나는 이를 악물었다.

그때였다.

"……!"

내 안에서부터 일어난 기운이 있었다. 나는 분명히 느낄 수 있었다.

바로 현룡의 기운.

현룡이 입을 벌려 나를 압박하고 있는 기운을 모조리 먹어치우고 있었다.

덕분에 나는 평온한 얼굴로 가주님을 마주할 수 있었다.

그런 내가 퍽 인상 깊은 모양이었다.

"하하하하하!"

다시 한번 파안대소하시는 것을 보니 말이다.
이내 나를 압박하던 기운이 사라졌다.
"강운이가 제법 실력 있는 조력자를 찾았구나. 역시 내가 찍은 가주감이야."
나를 보는 그의 눈빛이 빛나고 있었다.
"그리고, 황제 폐하께서 눈여겨보실 만하고 말이지."
"……."
그는 이내 한숨을 내쉬었다.
"그래서, 내가 뭘 어떻게 해 주길 원하나? 아니, 내가 뭘 어찌해야 자네가 그 새끼를 빼내는 데 도움을 줄 수 있나?"
'네놈'이었던 호칭이 '자네'로 바뀌었다. 가주님의 시험을 통과했다는 의미다.
나는 포권하며 가주님에게 물었다.
"가주님, 소가주를 꼭 빼내셔야 합니까? 솔직히 그가 있어 가문에 득이 될 것이 무엇입니까?"
내 직설적인 물음에 가주님은 깊은 한숨을 내쉬었다.
"자네 말대로 녀석은 문제투성이다. 제 실력에 맞지 않는 욕심만 부리는 데다가, 제 동생을 쫓아낸 것도 모자라 이제는 조카마저 죽이려는 놈이지. 하지만…… 그래도 아들이라고 눈에 밟히는구나."
아…… 차남이 집을 나간 게 아니라, 쫓겨난 거구나.
잠깐, 그러면 그걸 알면서도 방치한 거야?
나는 속으로 경악했고, 그 와중에 가주님은 계속해서

말을 이어 갔다.

"이게 부모의 마음이겠지. 아무리 못나고 못돼먹은 놈이라고 해도 천륜의 끈을 끊어 낼 수 없으니 말이다."

그 말이 맞긴 하다.

그래서 부모와 자식 간의 연을 천륜이라고 하는 거지.

"그를 빼내려고 하신다면, 황제 폐하께 제법 큰 것을 양보하셔야 할 겁니다."

"그렇겠지. 안 그래도 지금 황제 폐하와의 협상이 난항을 겪고 있으니까. 이틀의 시간을 준다고 하시더군. 그 시간 안에 자신이 원하는 것을 가지고 오지 않으면, 그땐……."

예상은 했지만 황제께서 기회를 단단히 잡으셨군.

당금 황제 폐하의 권력은 거의 무소불위라고 해도 과언이 아닐 정도였다.

멍청한 전 호부상서와 공부상서가 빌미를 준 덕분에 궁현각까지 폐지하는 데 성공하셨고, 그 둘이 반역을 모의하는 바람에 궁현각의 부활 시도도 쏙 들어가 버렸다.

지금 고관들은 황제 폐하의 눈치만 보며 설설 기는 중이다.

그런 만큼, 마음만 먹으면 하북팽가 정도는 말 한마디에 풍비박산 날 수 있다.

혹시, 나를 만날 생각이 없었는데 그런 상황이라서 나를 만난 건가?

설마, 황제 폐하께서? 충분히 가능성이 있지.

내가 만든 덫이긴 하지만 조금 미안한 마음이…… 들지 않는다.

솔직히 가주님과 소가주가 자초한 일이니까.

나는 내 이전 삶을 떠올렸다.

현 가주님이 죽고, 팽문 소가주가 가주직을 이어받았다.

그때부터 팽가는 급격히 몰락하기 시작했고, 부흥을 꿈꾸기 힘들 정도로 황보세가와 격차가 벌어졌다.

가문의 부흥을 꿈꾸셨지만, 잘못된 판단으로 인해 모든 것을 망친 분.

그렇기에 나는 그에게 한마디 하지 않을 수 없었다.

"가주님, 제가 진지하게 한 말씀드리겠습니다."

"뭔가?"

"본인이 생각하시기에 스스로가 이율배반적이라고 생각되지 않으십니까?"

"뭐라? 이율배반적?"

"이해가 가지 않으시면 쉽게 말씀드리죠. 아버지의 역할이든 가주의 역할이든 한 가지만 똑 부러지게 하시라는 겁니다. 그리 어영부영하지 마시란 말입니다."

"……."

나는 말을 이었다.

"솔직히 가주님께서 두 가지 역할 중 하나라도 제대로 하셨다면, 둘째 아드님이 장남에 의해 쫓겨났을까요? 그리고 기대받는 손자가 핍박을 피해 강호를 떠돌았을까요?"

"……."

"아까 팽 소협을 보호해 줘야 하는 거 아니냐고 말씀드렸을 땐 비정한 가주처럼 말씀하시더니, 지금은 세상에 둘도 없는 자상한 아버지처럼 구시는군요."

가주님이 말한 부모의 마음에 대해 부정할 생각은 없다.

하지만 말이 앞뒤가 안 맞는 건 안 맞는 거지.

내 말이 이어질수록 가주님의 얼굴은 더욱더 험상궂어졌다. 하지만 난 멈추지 않았다.

"제 말이 틀립니까? 틀린다면 왜 틀렸는지 저를 일깨워 주시지 않겠습니까?"

가주님께서는 한참이나 묵묵부답이었다.

그도 그럴 것이 본인이 생각해도 내 말이 맞거든.

"……그럼."

가주님이 세상 다 산 듯한 표정으로 입을 여셨다.

"나는 어떤 것을 선택해야 한단 말이냐?"

"그걸 왜 제게 물으십니까? 저보다 더 오래 사셨는데, 한참 어린 제게 물으시는 건 좀 아니지 않습니까?"

"부끄럽지만, 오늘 자네를 마주하니 나이를 먹고 오래 살았다고 지혜로운 건 아님을 깨달았네. 그래, 자네 말이 맞네. 나는 그 무엇도 똑 부러지게 못 하는 그런…… 부족한 가주네."

그래도 자기반성은 빠르시네.

솔직히 역정을 내시면서 나를 쫓아내실 거라고 생각했

투자는 과감하게 〈123〉

는데 말이지.

 솔직히 하북팽가 정도라면 옆에서 충언할 사람이 없지는 않았을 거 같은데…….

 그런 생각으로 가주님을 보는 순간, 그 이유를 알 것 같았다.

 호랑이를 닮은, 험상궂은 얼굴 때문인가?

 솔직히 담이 웬만큼 크지 않고서는, 저 얼굴을 마주하고 충언을 올리기는 쉽지 않지.

 아니면, 그 권위적인 모습 때문일 수도 있다.

 나야 세가의 외부인이지만, 세가 내부 사람으로서는 부담이 있을 테니까.

 "그래서, 자네가 볼 때 내가 뭘 어찌해야 한다고 생각하는가?"

 "제가 드리는 조언을 진지하게 들으실 생각이 있으십니까?"

 "물론이네."

 뭐, 지금 상당히 다급한 상황이실 테니까.

 황제의 검이 점점 하북팽가의 심장에 가까워지고 있으니 말이다.

 나는 그에게 말했다.

 "그럼, 가주의 역할을 선택하시는 것을 추천드립니다. 솔직히 이제 와서 다정한 아버지 역할을 하시기에는 이미 늦었습니다."

 "……."

"아버지 역할은, 차남이 집을 나가기 전에 하셨어야 한다고 생각합니다."

"후, 그러면…… 문아, 그 자식은……."

"빼내셔야죠."

내 말에 그의 미간이 좁혀졌다.

"그게 무슨 소리인가? 방금 자네는 나에게 가주의 역할을 주문하지 않았나? 그 말은 즉, 문이 녀석을 포기하라는 뜻 아닌가?"

"가주님. 세상에 가문의 일원을 포기해 버리는 가주도 있습니까?"

"……?"

"그를 포기한다는 건, 팽가가 팽씨 성을 가진 자를 보호하지 않는다는 의미입니다. 팽씨 성을 보호하지 않는 팽가가 오래 버틸 수 있을까요?"

팽 소협을 위해서도 팽가는 오래 버텨야 했다.

"그리고 그 입을 통해 빌미를 줄 수도 있으니, 반드시 빼내야 합니다."

"자네만 아니었다면, 이런 일은 없었네."

"아까 드린 말씀, 벌써 잊으셨습니까? 저는 그냥 회식을 했을 뿐입니다."

"……."

"그리고 팽문 소가주와 팽 소협의 대결에서 팽 소협은 저라는 원군을 얻어 승리한 겁니다."

"그 와중에 어부지리를 얻는 건 황실이지."

"그래도 황실이 어부라서 다행인 겁니다. 만약 흑도였다면 어땠을까요?"

내 말에 그는 거칠게 말을 내뱉었다.

"젠장, 생각하기도 싫군."

"아무튼, 승리한 자에게 전리품이 돌아가야 하는 건 당연한 것 아닙니까?"

"그건 그렇지."

"그러니 정식으로 팽문 소가주를 소가주의 자리에서 내치고, 팽 소협을 소가주로 임명하십시오. 그리고 팽문, 그자를 가문의 내규에 따라 처리하십시오. 그리고 마지막으로 팽 소협에게 위해를 가한다면 가주님께서 직접 단죄할 것이라고 공표하십시오."

나는 말을 이었다.

"이 세 가지를 약속하신다면, 그를 빼낼 방법을 알려 드리겠습니다."

* * *

하북팽가의 가주, 팽진송은 방금까지 은서호가 있던 자리를 바라보았다.

사실 오늘 오전까지만 해도 은서호를 만날 생각이 없었다.

그의 계략에 의해 일이 이리되었다는 것을 알게 되었고, 그를 보면 화를 주체하지 못하고 무기를 휘두를 것 같았으니까.
 하지만……

"내가 원하는 것을 가져오면, 자네의 아들을 풀어주도록 하지."
 "……폐하께서 원하시는 것이 무엇이옵니까?"
 "그건 자네가 알아내야지. 내 입으로 말해야 하나?"
 "……."
 "정 모르겠으면, 내가 제법 아끼는 총명한 그 녀석에게 물어보든지. 자네 가문에 머문다던데?"

 하여 은서호를 불렀다.
 하지만 자신을 골치 아프게 만든 것에 대한 대가를 치르게 하고 싶었다.
 그리고 무엇이 황제의 마음에 들었는지 궁금하기도 했기에 살짝 시험해 봤다.
 역시…… 보통이 아니었다.
 그리고 본능적으로 깨달았다.
 은서호의 조언을 들어야 하북팽가가 몰락하지 않을 것임을.
 아직도 그가 자신에게 했던 말이 뇌리에 생생했다.
 그의 말을 되뇌어 볼수록 소름이 돋았다.
 이 모든 것은 자신이 자초한 일이었다.
 사실, 지금까지 그는 자신이 가문을 잘 이끌어 나가고

있다고 생각했다.
 그 누구도 자신에게 불만을 말한 적도 없었고, 조언을 한 적도 없었으니까.
 '그래서 내가 훌륭한 가주라고 생각하고 있었는데……'
 아니었다.
 "이제라도 춘몽에서 깨어나 다행이지."
 그는 고개를 흔들며 은서호가 내건 조건들을 떠올렸다.
 첫 번째 조건은 자신이 약조한 것이었으니, 해야 하는 일이었다.
 세 번째 조건 역시, 자신이 저지른 과오를 바로잡기 위해서라도 해야만 하는 것.
 문제는 두 번째 조건이다.
 장남인 팽문을 가문의 내규로 처리하라는 것.
 그는 가문의 내규를 떠올렸다.
 황궁의 지척에 있기에 다른 곳에 비해 조금 더 엄격하게 세워진 내규.

[반역에 조금이라도 연루되거나, 가문의 존속에 위협을 가한 자는 단전을 폐하고 오른손을 자른다.]

 아버지가 되어서 아들의 단전을 폐하고 그 오른손을 자르라는 명을 내려야 하는 상황인 거다.

그는 쓴웃음을 지었다.
솔직히 아직도 그는 결정을 내리지 못하고 있었다.
그때 은서호가 했던 말이 떠올랐다.

"외람되지만, 가주님의 사후에 어찌 기록될지 생각하셨으면 합니다. 이 가문을 강하게 만든 분이 되실지, 아니면 이 가문의 몰락을 이끈 분이 되실지 말입니다."

전대 가주이자, 그의 아버지는 종종 그에게 말했다.
강한 가문을 만들어야 한다고.
그리고 그건 그의 숙원이 되었다.
하지만 애초부터 자신은 이 가문을 강하게 이끌 그런 자질이 아니었던 거다.
문득 그는 집을 나가 실종된, 아니…… 장남이 쫓아낸 차남이 했던 말을 떠올렸다.

"아버지. 대체 왜 그런 말씀을 하셔서…… 저를 이리도 괴롭게 만드는 겁니까?"

자신의 말에 고분고분하던 아들이, 처음으로 한 반항기 섞인 말.
그리고…….
그 일이 일어났다.
"그래, 또다시 그런 실수를 할 수는 없지."

팽진송은 각오를 단단히 다지고는 바깥을 향해 외쳤다.

"밖에 누구 있느냐?"

"네! 부르셨습니까?"

즉시 부관이 들어왔다.

"집법당에 연락해라. 팽문이 돌아오면 즉시 형을 집행할 준비를 하도록!"

"형의 집행이라고 하시면?"

"단전을 폐하고, 오른손을 자르도록."

"정말, 그리 전합니까?"

"그래. 그리고……."

팽진송은 말을 이었다.

"혈육을 해하려 한 죄를 물어, 채찍 일백 번에 처하도록."

"네? 그러면 팽강운 도련님도……."

"그건, 정당방위다."

그 단호함에 부관이 고개를 숙였다.

"그리하겠습니다."

"그리고, 채찍 일백 번을 더 추가하도록."

"네? 어찌하여?"

"성이, 그 녀석을 해한 것이 문이니까."

팽진송은 입술을 깨물었다. 사실, 아주 오래전에 내렸어야 하는 형벌이었다.

* * *

 내가 가주를 만나고 온 다음 날, 가주는 정식으로 팽문 소가주를 소가주에서 폐하고, 팽 소협을 소가주에 임명했다.
 내 제안을 받아들이겠다는 의미다.
 나는 약속대로 가주에게 황제가 원하는 것을 알려 주었고, 다음 날 팽문 공자와 그 일행이 팽가로 돌아왔다.
 팽 소협의 사람이 된 전령 중 하나가 전해 준 소식에 우리는 부리나케 팽가의 대문 쪽으로 향했다.
 팽가 소속 무사들의 호위를 받아 대문을 들어선 팽문 공자는 금의위에 의해 추포되어 뇌옥에 갇혀 있는 동안 별다른 고초를 당한 건 없는 듯했다.
 아주 멀쩡했으니까.
 그때 저쪽에서 가주가 다가왔다.
 "아버지! 소자가 돌아왔습니다."
 "왔느냐?"
 "네. 아버지. 당숙에게 들었습니다. 소자를 빼내기 위해 걱정하시면서 이리저리 애쓰셨다고……. 심려 끼쳐드려서 송구합니다. 앞으로는 그런 일이 없도록 하겠습니다."
 그는 아직 상황의 중대함을 깨닫지 못하고 있는 듯했다.
 가주가 표정을 굳히고는 추상같이 호령했다.

"너는 황제의 은덕을 입고 사는 몸으로, 감히 금의위에 무기를 들이대는 불충을 저질렀다!"

"……"

"또한 살수를 고용하여 조카를 해하려 했다. 그리고 네 동생에게 위해를 가했지."

"네? 저는 그런 일이 없습니다!"

"여기 증거가 있는데 발뺌할 셈이냐?"

파라라락-!

그는 내가 준 증거를 그 앞에 던졌다. 그 안에는 내가 준 것이 아닌 다른 것도 섞여 있었다.

분명 차남에게 위해를 가했을 때의 증거겠지.

그걸 본 팽문 공자의 안색이 새하얗게 질렸다.

"정녕 내가 모르고 있었을 거라고 생각했더냐?"

"……"

"하여, 나는 가주로서 너에게 채찍 일백 번씩, 도합 이백 번의 형에 처한다!"

"아, 아버지!"

"그리고!"

가주는 숨을 몰아쉬었고, 단호하게 말했다.

"단전을 폐하고 오른손을 자르는 형에 처한다!"

"저는 팽가의 소가주입니다! 소가주에게 어찌……."

"어제부로 소가주는 네가 아니라 강운이다."

그 말에 팽문의 얼굴이 야차같이 일그러졌다.

그러더니, 옆에 있던 무사의 도를 뽑아들어 팽강운 소

가주를 향해 휘둘렀다.

"주거어억!"

순식간에 일어난 일이었다.

챙!

퍽-!

"크헉!"

하지만 그의 발악은 성공하지 못했다.

휘두른 도가 막히고, 복부를 걷어차이면서 그 자리에 주저앉고 만 것이다.

이를 막아낸 자는 팽강운 소가주의 새로운 호위 무사로, 병구완할 돈이 없어 죽어 가는 어머니를 살려 주고 호위 무사로 받아들인 자다.

"끌고 가서 형을 집행하도록!"

"네!"

그는 다른 이들에 의해 질질 끌려갔다.

잠시 후, 호된 채찍 소리와 신음이 들려왔다. 아직 단전은 멀쩡하니 채찍을 맞다가 죽지는 않겠지.

하지만 방금 전의 일로 오만 정이 떨어진 건지, 가주는 일말의 안타까움도 보이지 않았다.

무려 자신의 눈앞에서 손자를 죽이려고 했으니까.

이제 팽 소협, 아니 팽강운 소가주에 대한 문제는 일단락된 건가?

안도하던 그때, 이상한 느낌에 고개를 홱 돌렸다.

어? 이 기운은?

나는 입술을 깨물었다.

이 역겨운 기운은 분명, 흑도의 기운이다.

이곳은 명문 정파 중 한 곳인 하북팽가이니만큼, 그 기운은 모두 정순하다.

그런데 어째서 역겨운 흑도의 기운이 느껴지는 걸까?

나는 그 기운이 느껴지는 곳을 찾기 시작했다.

"……."

내 시선은 한 사내에게 향했다.

"왜 그러십니까?"

팽 소협, 아니 팽 소가주의 물음에 나는 웃으며 고개를 저었다.

"아무것도 아닙니다. 그런데…… 저 사람은 누구인지 아십니까? 팽문 공자와 아는 사이로 보입니다만."

"아……."

그는 고개를 끄덕였다.

"은 소단주의 말이 맞습니다. 저자는 백부님의 사람 중 하나입니다. 저희가 본가에 돌아왔을 때 보이지 않더니 어디 다녀왔나 봅니다."

그 순간 내가 석연치 않게 생각했던 것이 단번에 이해되었다.

소가주였던 장남의 수준은 일류이다. 그 재능으로 봤을 때 절정 이상으로 올라가는 건 무리.

내 기억에 이전 삶에서 팽문 공자는 절정의 경지에까지 밖에 오르지 못했다. 하북팽가 정도의 명가라면 초절정은 되어야 가주로서의 면이 서는데 말이지.

게다가 무공 실력만이 문제가 아니라 사태 파악도 잘 안 되는 자였다.

아무리 내가 그럴듯한 계획을 세우고 실행했다고 해도, 어느 정도 머리가 돌아가는 자라면 그렇게 무작정 객잔으로 들이닥치지는 않았을 거다.

내 이전 삶에서 보고 들었던 가주가 된 그의 행보 역시 이해가 가지 않는 것투성이였다.

아무리 하북팽가 사람들이 그리 명석하지 않다고 해도 그 정도가 너무 심했었지.

그럼, 그런 자가 어떻게 자신의 동생을 쫓아낼 수 있었을까?

또 어떻게, 살수를 고용하여 조카의 목숨을 노리고 결국은 성공하여 가주가 될 수 있었을까?

가장 가능성 높은 것은 그의 옆에서 책사 역할을 하는 조력자가 있었고, 그가 떠나면서 급속도로 무너졌다는 것.

그 조력자는 분명 저 사람이겠지.

그럼 여기서 드는 의문은 하나다.

저 조력자는 대체 왜 그랬을까?

설마, 팽가의 세력이 약해지게 하거나 망하게 하는 것이 그 목적이었던 건가?

뭔가 팽가와 원수라도 지지 않았다면, 쉽게 할 수 없는 일인데.

하지만 이내 고개를 저었다.

복잡하게 고민할 필요가 있나? 그냥 잡아서 물어보면 되지.

.

.

.

팽문 공자에 대한 형이 집행되고, 이틀이 지났다.

채찍에 맞다가 그 고통에 실신하기를 반복했지만, 물을 뿌려 깨우며 기어코 이백 대를 채웠다.

그리고 그 오른손을 잘랐다.

그 상태에서 단전을 폐하면, 내공이 소실되며 그 충격으로 목숨이 위험하기에 단전을 폐하는 건 보름 뒤에 진행될 예정이라고 했다.

지금 팽문 공자는 작은 별당에 유폐되어 있었다.

그곳이 앞으로 그가 머무를 곳이다.

한편, 원래 그가 머물렀던 곳은 대대적인 공사 중이었다. 팽문 공자의 흔적을 싹 지우라는 가주의 명이 있었기 때문이다.

공사가 끝나면, 그곳에 팽강운 소가주가 입주하게 될 터.

팽문 공자가 소가주의 자리에서 순식간에 추락하여 그런 꼴이 되었지만, 별로 불쌍하지는 않다.

그가 지금까지 저지른 죄가 있었으니까.

그의 추악한 질투심과 집착으로 인해 그의 동생이 가문

에서 쫓겨나 실종되었다.

그리고 그의 조카는 정말 죽을 뻔했으며, 수많은 고비와 사선을 넘어야 했다.

이전 삶에서는, 결국 목숨을 잃었었고.

그들이 겪은 괴로움을 생각하면, 채찍 이백 대와 오른손을 잘린 것을 아프다고 하면 안 되지.

게다가 지난 삶에서 팽문 공자로 인해 수많은 가문의 이들이 덧없이 죽었다.

지금 생각하면 가주님의 죽음 역시 뭔가 석연치 않단 말이지.

이런저런 생각을 하고 있을 때, 여응암 무사가 다급히 내 방으로 들어왔다.

"주군!"

"그자에게 무슨 일이 생겼습니까?"

진유 무사와 그는 내 명을 받고 아까 흑도의 기운이 느껴졌던 자를 감시하는 중이었다.

이십여 년 전에 팽가에 들어온 추선이라는 자인데, 하인으로 일하다가 팽문 공자의 눈에 들어서 시종으로 파격 승진한 자라고 했다.

조만간 수상한 움직임을 보일 것 같다고 생각했기에 감시하라고 했는데, 아무래도 내 예상대로 뭔가 일이 벌어진 듯했다.

"비상 상황입니다!"

"비상 상황이라니요?"

"그자가, 별당을 벗어났습니다."

단지 그자가 별당을 벗어난 것 때문에 이리 다급하지는 않을 터.

"그런데…… 그자가 별당을 벗어나기 전에 별당 주변을 감시하던 무사들에게 차를 돌렸습니다."

여응암 무사의 말은 끝나지 않았다.

"하여 몰래 그 차를 손에 넣어 확인해 본 결과, 수면제가 들어 있었습니다."

"네?"

* * *

추선은 다급하게 움직이며 속으로 팽문을 욕했다.

'이런 멍청한 새끼! 떠먹여 줘도 못 처먹는 새끼! 이런 × 같은 새끼! 가진 거라고는 혈통밖에 없는 빌어먹을 ××새끼!'

그의 욕은 점점 심해졌다.

그도 그럴 것이, 그가 이번 일을 위해 인내한 세월만 이십 년.

그런데 그걸 하룻밤 만에 홀랑 망쳐 버린 거다.

그가 윗선으로부터 받은 명령은 단 하나.

"팽문, 그자를 가주로 만들어라."

그 대가로 약속받은 건, 영약이다.

그의 실력을 단번에 초절정으로 만들어 줄 수 있는 희대의 영약.

이미 삼류에 머물러 있다가 영약 하나로 단번에 일류의 경지로 올라간 적이 있었기에 그는 그 영약에 확신을 가지고 있었다.

하여 팽가에 들어와 팽문에게 붙었고, 그의 가장 큰 경쟁자였던 차남을 가문에서 쫓아내고 팽문을 소가주로 만들 수 있었다.

하지만 또 다른 난관에 봉착했다.

팽문의 조카, 팽강운에게서 무재를 발견한 가주가 용봉비무회에서 우승하면 그에게 소가주의 자리를 주겠다고 선언한 것.

하여 살수를 고용했지만, 갑자기 살수들이 자멸해 버렸다.

이에 자세한 사정을 알아보기 위해 자리를 비웠는데, 그게 패착이었다.

그사이 팽문이 수하들을 이끌고 멍청한 짓을 해 버린 것.

하지만 그래도 괜찮을 거라 생각했다.

팽강운이 소가주가 된다고 해도, 소가주의 자리는 되찾을 수 있으니까.

하지만 대체 가주에게 무슨 바람이 불었는지, 팽문에게 채찍 이백 대에 오른손을 자르고 단전까지 폐하라는 명을 내린 거다.

'지 둘째 아들이 쫓겨났을 때도 가만히 있던 자가 대체 무슨 생각이야?'

그래서 혹시 둘째 아들이 가주의 친아들이 아닌 건가 싶었을 정도였다.

아무튼, 그가 지금 이렇게 다급하게 움직이는 이유는 상부의 명령이 도착했기 때문이다.

그건 팽문의 단전을 폐하기 전에 구출하라는 명령이다.

무려 현 가주의 장남에다가 소가주였던 만큼, 가문의 대소사에 직접 참여했던 인물.

그렇기에 아직 쓸모가 많았다.

문제는 단전을 폐하면 여러모로 좋지 않다는 거다. 그렇기에 단전을 폐하기 전에 구출해야 했다.

그래서 때를 기다리다가, 경계가 풀어지기 시작한 지금 움직인 거다.

처음에는 무사들도 그가 권하는 차를 거절했다.

하지만 그들도 사람이었고, 작년에 이어 올해도 추위는 무척이나 매서웠기에 결국 그가 권하는 차를 받아 마셨다.

당연히 처음부터 수면제를 타지는 않았고, 저들이 자신에 대한 경계심을 풀었을 때 수면제를 탔다.

그는 지난 이십 년 동안 혹시나 하여 몰래 만들어 놓은 개구멍을 통해 하북팽가를 빠져나왔다.

'이 구멍을 만들어 놓기를 잘했지.'

그리고 근처에 숨어 있던 무사들과 접선했다.

"때가 되었다."

"기다리고 있었습니다."

그들은 상부에서 지원해 준 무사들이다.

모두 다섯 명.

수는 적지만, 모두 정예인 일류 무사들이다. 그들은 서둘러 추선을 따라 하북팽가로 향했다.

그리고 개구멍을 통과하여 안으로 들어갔고, 조심스레 팽문이 유폐된 작은 별당으로 향했다.

그들을 데리고 온 이유는, 팽문의 체구가 무척 컸기에 개구멍으로는 통과할 수 없었기 때문이다.

하여 담을 넘어야 했다.

팽문 역시 무림인이니 담 정도는 쉽게 넘을 수 있었지만, 팽가의 담은 그 높이가 무척 높았다.

게다가 오른손이 없고, 채찍질을 당한 후유증이 아직 남아 있어서 다른 무사들의 도움이 필요했다.

혹시나 도망치다가 발각되었을 때, 시간을 벌어 줄 필요도 있고.

별당을 지키던 무사들이 잠들어 있었다.

"정말 괜찮은 것입니까?"

"수면제를 좀 강력하게 썼으니, 반나절은 족히 잘 것이다."

곧 추선은 문을 열고 안으로 들어갔다.
 아까만 해도 고통을 이기기 위해 술을 마시고 있던 팽문은, 가만히 다탁 앞에 앉아 있었다.
 "주군, 밖으로 모시겠습니다."
 "네가 말한, 그들이 왔느냐?"
 "네. 그렇습니다."
 "그래, 가야지."
 팽문은 미리 준비한 보따리를 들고 자리에서 일어나 망설임 없이 별당을 나섰다.
 자신을 버린 가문이다.
 그러니 자신 역시 이 가문을 버리는 것이 마땅한 일.
 '두고 봅시다! 내 이번 일을 절대 잊지 않겠습니다, 아버지.'
 별당을 나선 그들은, 넘기에 적당한 담벼락에 당도했다.
 "어디를 그리 바삐 가십니까?"
 난데없이 들리는 목소리에 그들은 흠칫했다.
 "헉! 너는?"
 "백부님, 제가 알기로 백부님께서는 별당 외부로 출입이 금지되셨다고 알고 있습니다만?"
 그들 앞에 나타난 자는 팽강운.
 이번에 새로 소가주가 된 자이자, 팽문의 조카이다.
 "그리고 주변의 인물들은 처음 보는 무사들이군요. 저희 팽가의 무사는 아닌 듯합니다만? 어서 별당으로 돌아가시지요."

그 말에 팽문의 얼굴이 일그러지더니, 씹어뱉듯 쏘아붙였다.

"닥쳐라! 이게 다 네 녀석 때문이다!"

"왜 저 때문이라는 겁니까? 모두 백부님이 자초하신 일입니다."

"아니! 너는 애초에 태어나지 말았어야 했다!"

그의 눈에는 살기가 가득했다.

"마침 잘됐구나. 오늘에야말로 너를 죽이고야 말겠다!"

그는 옆의 무사들에게 말했다.

"저자를 죽여 준다면, 내가 숨겨 놓은 재물이 있는 곳을 알려 주겠네."

이에 그 무사들은 추선을 보았다.

추선은 상황을 가늠해 보았다. 지금 팽강운의 호위는 단 한 명.

그런데 무척이나 태연한 저 태도가 마음에 걸렸다.

'지금 저 호위를 믿고 있는 건가?'

그때 그의 눈에 보인 건, 덜덜 떨리는 팽강운의 손.

추선의 입술이 호선을 그렸다.

저 둘뿐인 게 확실했다. 지금은 태연한 척 연기하는 것이고.

그리고 이왕 이리된 거 팽강운을 여기서 죽이는 게 여러모로 좋았다.

그는 고개를 끄덕였다.

그의 허가에 다섯 무사가 앞으로 나섰다.

그때였다.

"이거, 참…… 내가 분명히 말하지 않았나. 누구든 강운이를 해하려고 하면 내가 용서치 않겠다고 말이지."

"……!"

그 목소리에 팽문과 추선은 뻣뻣하게 굳어 버렸다.

왜냐하면, 그 목소리는…….

가주 팽진송의 목소리였기 때문이다.

저벅, 저벅, 저벅.

천천히, 걸어오는 팽진송을 보며 그들은 긴장하여 침을 꿀꺽 삼켰다.

그는 복잡한 표정으로 팽문에게 물었다.

"문아. 네 옆의 흑도 냄새 풀풀 풍기는 자들, 혹시 네가 불러들인 것이냐?"

"……."

"대답해야지?"

사뭇 다정한 말투. 하지만 그 목소리에서는 다정함을 조금도 찾아볼 수 없었다.

덜덜 떨던 그는 그 자리에 털썩 주저앉았다.

"아, 아버지. 그, 그게……."

"대답해야지?"

팽문은 이를 악물었고, 마음을 굳게 먹은 듯 소리쳤다.

"그렇습니다! 저는 이 집을 나가려고 했습니다! 이 가문이 저를 버렸으니, 제가 이 가문을 버림은……."

하지만 그는 말을 다 맺지 못했다.

무언가가 그의 얼굴을 스치고 날아갔기 때문이다.

천천히 뒤를 돌아보자, 비수 하나가 담벼락에 박혀 있었다.

주룩.

그리고 그 얼굴에 난 자국을 따라 피가 흘렀다.

"내가! 대체 내가! 언제까지! 너를 참아 줘야 한단 말이냐!"

팽진송은 그에게 일갈했다.

"네가 둘째를 그리 비정하게 쫓아냈음에도 나는 모른 척했다. 너도 내 아들이고, 그 녀석도 내 아들이니까. 그리고 이에 대해 미안해하고 있을 거라고 생각했다. 하지만, 아니더구나."

"……."

"이제는 조카까지…… 짐승도 너 같지는 않을 거다."

팽진송은 한숨을 깊게 내쉬더니, 허탈하게 웃었다.

"하하하! 그래, 이제 그만 하자."

그러고는 허공을 향해 명령했다.

"이들을 지하 뇌옥에 처박아 놔라."

그 말이 떨어지기 무섭게, 주변에서 무사들이 달려와 부복하며 외쳤다.

"명을 받듭니다."

팽진송은 팽문을 일별하며 말했다.

"저 녀석도 뇌옥으로 끌고 가라. 예외는 없다."

　　　　　　* * *

　오늘 팽가를 떠나기로 했다.
　어젯밤, 팽문 공자는 어리석은 선택을 했다.
　그를 감시하고 있다가 수상한 움직임을 알아차린 나는 재빨리 이를 팽강운 소가주에게 알렸다.
　그의 위상을 높일 수 있는 기회였으니까.
　그리고 가주님에게도 이 사실을 알렸다. 결국 끝맺음은 가주님의 몫이니까.
　이에 가주님도 부리나케 달려오셨지.
　그 결과로 팽문 공자는 별당이 아닌 지하 뇌옥에 처박혔다.
　그리고 그와 함께 있던 이들 모두 지하 뇌옥에 처박혔는데, 지금 그들에 대해 심문이 진행되고 있었다.
　가주님 역시, 팽문 공자가 흑도의 무사들과 함께 행동했다는 것에 수상함을 느끼신 거다.
　조만간 이번 일의 전말이 밝혀지겠지.
　이제 내가 할 수 있는 일은 다 했으니, 팽가를 떠나면 된다.
　안 그래도 밀려 있는 일이 한가득이니까.
　상단의 북경지부 건설 건도 다시금 이어받아야 하고, 황제에게 작풍기의 판매 실적을 비롯해 여러 가지를 보고해야 한다.
　그리고…….

후, 생각하니 어질어질하군.
그때, 팔갑이 방으로 들어오며 말했다.
"도련님, 밖에 사람이 와 있습니다요."
음? 누구지?
팔갑의 말에 나가 보니, 낯익은 자가 서 있었다.
팽가 가주님의 부관이다.
"벽성당으로 와 달라고 하셨습니다."

.

.

.

잠시 후, 나는 벽성당에서 가주님을 마주하고 있었다.
"오늘 떠난다고?"
"그렇습니다."
"하긴 더 붙잡을 수가 없군. 자네도 바쁜 사람이니까."
"이해해 주셔서 감사합니다."
가주님은 나를 가만히 바라보았다.
"비록 자네는 거래를 위해 한 행동이겠지만, 고맙네."
뭔가 묵직하게 들리는 말에 나는 포권하며 고개를 숙였다.
"앞으로도, 거래가 필요하시다면 저를 찾아 주십시오."
"그러지."
가주님은 고개를 끄덕이고는 서탁 위에서 무언가를 집어 내게 휙 던지셨다.
"받아라."

쐐애액-!
내공이 좀 과하게 담긴 것이 뭔가 사심이 담긴 것 같지만 말이지.
탁-!
나는 가볍게 그걸 잡았다.
그건 작은 상자였다.
"이건 뭡니까?"
"뭐긴 뭐냐? 거래다. 거래가 필요하면 찾으라며?"
"네?"
"영약이다. 한 번 정도는 빈사 상태에 빠진 네 목숨을 구할 수 있을 만큼 효과 좋은 영약이지."
그 정도면 값을 헤아리기 어려울 정도의 영약이라는 건데, 방금 거래라고 하신 거지?
나는 씩 웃으며 포권하여 말했다.
"무엇을 원하십니까?"
"내 둘째 아들 팽성. 그 녀석을 찾아다오."
"네?"
나도 모르게 반문하고 말았다.
전혀 예상하지 못한 요청이었으니까.
"둘째 아드님이라면, 장남에게 쫓겨나신……."
"그랬지."
팽강운 소가주와 같은 의뢰.
그런데 그가 나에게 '백부를 찾아 주십시오'라고 의뢰했을 때와 다른 점이 있었다.

확신이 없던 그와 달리, 가주님의 눈빛에는 뭔가 확신이 담겨 있었기 때문이다.

"하지만, 제가 찾는다고 해도 찾을 수 있을지 모르겠습니다. 솔직히 이미 생을 달리했을······."

"아니! 그 녀석은 살아 있다."

가주님은 단호하게 말씀하셨다.

뭐지? 아들에 대한 미안함 때문에 아직 살아 있다고 믿으시는 건가?

그런 내 의문은 금세 풀렸다.

"왜냐하면, 그 녀석이 무사히 도망칠 수 있게 도와준 자가 나니까."

"네?"

이건, 정말 예상 못 했다.

두 형제의 다툼을 그냥 보고만 있던, 그런 아버지인 줄 알았는데······.

"내가 문이의 만행을 알면서도 가만히 있던 건, 성이가 그러길 원했기 때문이다. 가문에 풍파를 일으키고 싶지 않다면서······ 그냥 이 가문에서 사라져서 있는 듯 없는 듯이 살고 싶다고······ 말하더구나."

"그럼 어디에 있는지도 아시는 겁니까?"

"그걸 내가 알면, 그 단환을 주면서 너에게 의뢰를 하겠느냐?"

"······."

가주님은 한숨을 내쉬었다.

"어느 날, 내가 마련해 준 안가에서 성이가 사라졌다. 그리고 한 무사가 나에게 말을 전해 주었다. 문이가 습격을 했고, 무사히 도망갔다고."

아마도 그 일에는 추선이라는 시종이 관여했을 거다.

"그리고…… 나에게 서신을 전해 주었지."

가주님은 한숨을 내쉬었다.

"작별 인사도 없이 떠나는 것을 용서해 달라고. 혹시라도 만약 다음에 만나게 된다면 그땐 아들인 것을 알아보지 못할 만큼 모습이 바뀌어 있을 수도 있다고."

즉, 자신의 외모를 바꾸기로 했다는 거다.

"그럼 제가 무슨 수로 찾습니까? 가족분들도 알아보지 못할 정도라면……."

"우선, 그 녀석의 등을 보면 된다. 그 녀석의 등에는 그 녀석도 모르고 오직 나만 알고 있는 표식이 있으니까."

갓 태어났을 때 등에 뭔가 표식을 새긴 듯했다.

"그리고, 그 녀석이 나에게 알려 준 표식이 있다. 그 표식이 자신이 팽성이라는 증거라면서……. 내가 그 녀석의 등에 새긴 표식을 모르니 그리했겠지."

"그럼 그 표식을 알려 주실 수 있으십니까?"

그는 고개를 끄덕이고는 종이에 뭔가를 그려서 아까처럼 내게 던졌다.

참!

나는 그걸 받아 펼쳐 보았다.

"다 봤지?"

십 초 정도 보았을까, 가주님의 말과 함께 내가 보고 있던 종이에 불이 붙었다.

"가주님! 위험하잖습니까."

"그 종이가 유출되는 것이 더 위험하다."

"아…… 네."

그나저나 차남의 등의 표식과, 이 약속된 표식까지 알려 준다는 건 대체 무슨 의도지?

그런 내 생각을 아셨는지 가주님이 말씀하셨다.

"나는 너를 신뢰한다. 내 압박에도 강운이와의 거래 내용은 기어코 말하지 않았으니."

"그건 가주님께서 사정을 봐주셔서 그런 겁니다만?"

"사정을 봐줘?"

가주님은 세상에서 가장 어이없는 농담을 들으신 듯한 표정을 지으셨다.

"나는 그때 진심으로 기운을 내뿜었다. 네가 아무리 절정의 경지였어도, 보통은 미주알고주알 알고 있는 것을 다 내뱉게 마련이지."

허…… 이 영감탱이가?

그때 현룡이 움직여서 다행이지, 안 그랬으면 못 볼 꼴을 보일 뻔했군.

뭐, 그때 입을 열었으면 내가 이곳에 이렇게 서 있지도 못했겠지.

하지만…… 현룡이 움직이지 않았어도 나는 입을 열지

않았을 거다.

신뢰는 상인의 생명이니까.

"너무하십니다. 저는 선량한 상인일 뿐인데 말입니다."

"내가 그걸 어찌 아느냐? 네가 선량한지 선량한 척하는지."

"……."

할 말이 없네.

"아무튼, 내 신뢰에 부응해 줬으면 하는구나."

"알겠습니다."

이거 유출했다가는 곱게 못 죽을 거 같다.

물론 그럴 생각도 없지만.

"그래서 살아 계신다고 믿고 계시는군요."

"암! 당연하지! 그 녀석의 실력이라면 제 한 몸 잘 지키며 잘살고 있을 테니까."

"그럼, 차남을 찾으면 데리고 오면 됩니까?"

"아니."

이건 또 무슨 말이지?

"내가 원하는 건, 그 녀석이 잘살고 있음을 확인하는 것과 내 말을 전하는 것이다."

"……?"

"내가 전할 말은……."

가주님은 서탁 위에 놓여 있던 봉투를 집어 나에게 던지셨다.

쌔애애액-!

툽!

"거기에 적혀 있다."

벌써 세 번이나 공력을 담아 던지시고…….

진짜 이 정도면 사심 아니야?

나는 속으로 투덜거리면서 봉투를 살폈다.

이번에는 뜯으면 무조건 흔적이 남을 정도로 완전히 밀봉되어 있었다.

"알겠습니다. 그리고 하나 여쭤볼 게 있습니다."

"왜? 뭐가 또 궁금하냐?"

"이번에 잡힌 이들, 심문 결과는 나왔습니까?"

"그건 왜 묻는 거냐?"

"그자들을 잡는 데 저도 일정 부분 기여했으니, 그에 대해 들을 자격이 있다고 봅니다만?"

가주님은 고개를 끄덕였다.

"그건 그렇구나. 아직 알아낸 건 없지만, 뭔가 알아내면 너에게 전달해 주도록 하마."

"감사합니다. 그리고 또 여쭤볼 게 있습니다."

"또 뭐?"

"당시에 차남의 서신을 전해 준 무사, 지금 어디 있습니까?"

"이미 만나 보지 않았느냐?"

"네?"

"강운이 옆에 붙어 있는 녀석이, 그 무사다."

"……."

그래서 팽강운 소가주가 묘하게 그 시종을 공손하게 대했구나.

"그렇군요. 저, 마지막으로 한 가지 여쭙겠습니다."

"뭐냐?"

"이 단환, 이름이 뭡니까?"

.

.

.

벽성전에서 나온 나는 올라가는 입꼬리를 내리기 위해 안간힘을 써야 했다.

계약금으로 엄청난 영약을 받았으니 기분이 좋을 수밖에.

이름은 제율환(製律丸).

오대 의선 중 한 분이 만든 것이라고 한다.

구하기 쉽지 않았을 텐데…… 하긴 하북팽가의 가주님 정도면 가능하겠지.

나는 내가 머물던 팽강운 소가주의 별당으로 돌아왔다.

팽강운 소가주가 나를 기다리고 있었고, 나는 그에게 인사했다.

"잘 있다가 갑니다."

내 말에 팽강운 소가주는 포권하며 고개를 숙였다.

"저에게 베풀어 주신 은혜, 잊지 않겠습니다."

수많은 이들이 보고 있는 자리다. 이런 자리에서 거래

를 입에 담는 건 현명한 행동이 아니다.

나는 마주 포권하며 말했다.

"그저, 제 생일연회에 친히 와 주신 영웅에 대한 성의를 보인 것뿐입니다."

"마음 같아서는 더 계셔 달라고 하고 싶군요. 제대로 대접도 못 해 드린 것 같아서 말이죠."

"그리 말씀하셔도 거절해야 하는 상황입니다. 저도 이제는 제 일을 하러 가야죠."

"그래서 잡지 못하는 겁니다."

"소가주 뒤에 항상 저희 은해상단이 있음을 잊지 마십시오."

나는 그에게 전음을 보냈다.

- 저희의 거래, 잊지 말라는 의미입니다.

내 전음에 그는 움찔했지만, 이내 웃으며 나를 바라보았다.

"그럼요. 잊지 않겠습니다."

팽강운 소단주의 눈에는 총기와 신념이 가득했다.

나는 그를 뒤로하고 팽가를 나섰다.

.

.

.

내가 머무는 북경의 임시 거처는 팽가와 생각보다 가까웠다.

그렇기에 반나절 정도밖에 걸리지 않았다.

나는 도착하자마자 뜻밖의 얼굴을 마주했다.
"어? 진영 대협?"
"하하하! 드디어 왔군."
"어찌하여 여기에?"
"대기하고 있다가 자네가 도착하면 곧바로 데리고 입궁하라는 황제 폐하의 명이네."
저, 딱 한 시진만 자고 일어나면 안 되겠습니까?

당연한 말이지만, 나는 정호 형에게 얼굴만 살짝 비추고 진영 대협과 황궁으로 가야 했다.

.
.
.

황궁으로 들어서면서 진영 대협이 내게 물었다.
"이번에 자네가 제안한 회식. 혹시 우리를 이용한 것인가?"
하긴, 그거 눈치 못 채면 바보지.
나는 순순히 인정했다.
"송구합니다."
"그래도 말은 해 주고 그래야지! 이 사람아! 우리가 얼마나 놀랐는지 아나?"
"면목이 없습니다. 대신, 이번에는 사심 없이 진짜 화끈하게 회식을 베풀겠습니다."
내 말에 진영 대협은 씩 웃었다.

어? 왜 웃으시지?

짝-!

그리고 내 등을 손바닥으로 치며 말했다.

"허! 자네답지 않네!"

"네? 저다운 거라니요?"

"자네다운 거? 음, 뻔뻔하고 능청스러우면서도 손해는 절대 보지 않는?"

그거, 욕입니까? 칭찬입니까?

"하하하. 얼굴 펴게나. 이번 일로 인해 황제 폐하께 큰 즐거움을 안겨 드렸는데 우리가 이번 일로 꽁하고 있겠나?"

"그래도 죄송한 건 죄송한 겁니다."

"흐흐흐, 내가 이래서 자네가 마음에 든다는 거야. 그러면서도 사람이 참 바르거든. 그래서 선협미랑이라 불리는 거겠지."

윽!

난데없이 훅 들어온 그 명호에 나도 모르게 얼굴을 팍 찡그렸다.

"아무튼, 이번에 황제 폐하께서 자네를 부르시는 것도 아마 그 일이 아닌가 싶어."

곧 나는 황제 폐하의 집무실에 당도했다.

내관이 안에 고했고, 이내 문이 열렸다.

나는 천천히 들어가 황제와 일정 거리를 두고 예를 취

했다.

"소상 은서호, 지고하신 황제 폐하를 뵙습니다. 만세 만세 만만세!"

"고개를 들라."

"성은이 망극하옵니다."

나는 고개를 들어 황제를 보았다.

"그래서, 이번에 팽가로 간 이유가 무엇이더냐?"

단도직입적이군.

"사실은 말입니다. 제 생일 연회 때……."

나는 황제에게 사실대로 고했다.

왜냐고? 제국 전역에 황제 폐하의 눈과 귀가 얼마나 많은데.

이미 다 알고 계실 터.

예상대로 내가 사례금을 걸어서 살수 집단을 자멸시켰다는 말에도 별로 놀라워하지 않으셨다.

"그래서 팽가의 애송이와 무사히 가문으로 돌아올 수 있었다는 거군. 그 와중에 금의위도 동원하고 말이지?"

"그래도, 황제 폐하께서 원하시는 그림은 그려졌지 않습니까? 이게 다 폐하를 위한 제 충심입니다."

"짜식, 말은 잘하는군."

아무래도…… 진영 대협이 말한 뻔뻔하고 능청스럽다는 건 사실일지도 모르겠네.

"그래서 이번 일은 그냥 넘어가려 한다. 결과적으로 나에게 아주 큰 선물을 안겨 주었으니까."

그렇다.

덕분에 황제가 원했던 것을 아주 쉽게 얻을 수 있었다. 그건 바로 하북팽가의 지지이다.

사실 하북팽가는 승하하신 전 황제의 신임을 받던 세력이었고, 그들은 현 황제를 지지하지 않았다.

게다가 현 황제가 황보세가를 중용하자, 오기가 생겼는지 더더욱 현 황제의 시책에 시큰둥한 반응을 보이고 있었다.

물론 그렇다고 해서 반역을 꾀하거나 하는 건 아니고, 말 그대로 지지하지 않는 정도다.

금의위에서 일하는 팽가의 사람도 있긴 했지만, 개인의 성향은 뭐 어쩔 수 없는 거지.

아무튼, 이번 일을 빌미로 팽가의 지지까지 얻게 된 황제는 북경 무가의 양대 산맥의 지지를 받게 되었다.

그에 따라 그의 권위는 무소불위를 넘어 천하무적이 되어 가고 있는 중이다.

"그러니, 앞으로 그런 일이 있으면 미리 언질이나 좀 주든지 해라. 나같이 똑똑한 자가 아니었다면 이번 기회를 그냥 놓칠 뻔하지 않았느냐?"

"……."

황제 폐하의 자화자찬에 나는 순간 말문이 막혔다.

"많이 피곤해 보이는구나."

네, 누구 덕분에 쉬지도 못하고 황궁으로 끌려 왔거든요.

투자는 과감하게 〈159〉

그나저나 이 말이 나왔다는 건, 축객령의 전조다.

그건 안 되지!

북경의 처소에 도착하자마자 끌려 왔는데, 이대로 말뿐인 칭찬만 듣고 돌아가는 건 사양이다.

나는 포권하며 말했다.

"황제 폐하께 드릴 선물을 위해 동분서주하다 보니 쉬지를 못해 피로가 쌓인 듯합니다. 그래서 말인데, 소상이 드린 선물은 마음에 드셨습니까?"

"그래, 마음에 들었다."

나는 고개를 들어 빙긋 웃으며 말했다.

"그러면…… 개평 없습니까?"

"응?"

"도박판에서도 돈을 따면 주변 사람에게 개평을 주는데 말입니다."

"내 듣기로 개평을 주는 이유가, 개평을 안 주면 해코지를 당하기 때문이라지."

"제가 설마 그런 불충한 마음을 어찌 품겠습니까?"

"푸하하하하!"

나를 보며 황제 폐하는 호탕한 웃음을 터뜨리셨다.

"나에게 개평을 요구하는 간 큰 녀석은 너밖에 없을 거다."

황제 폐하는 재밌다는 듯 나를 보며 물으셨다.

"그래서, 뭘 원하느냐?"

그 물음에 나는 의뭉을 떨었다.

"그야, 그건 폐하께서 알아서 챙겨 주셔야 하는 거라 생각되옵니다."

"당돌한 놈."

잠시 뭔가를 생각하시던 황제 폐하께서 입을 여셨다.

시문 도둑

"그래, 그게 좋겠구나."
뭘 주시려고 그러지?
"이번에 너와 금의위의 조합이 생각보다 좋더구나. 그래서 말인데, 황궁 무공을 익힐 수 있도록 해 주마."
"……네?"
"네 녀석은 상인이지만 무림인이기도 하니, 나쁘지 않은 보상이라고 생각된다만."
나쁘지 않냐고?
좋다. 입이 떡 벌어질 만큼 좋다.
솔직히 이걸 보상으로 주실 줄은 몰랐다.
"어떠냐? 이 정도면 네가 만족할 만큼의 개평이 되겠느냐?"
황제의 웃음기 담긴 질문에 나는 포권하며 고개를 숙였다.

"소상을 생각해 주시는 황제 폐하의 은혜에 감격하여 눈물이 앞을 가리옵니다."

"하여튼, 말은 잘한다니까."

금의위 대협들과 일을 같이 하다 보니 황궁 무공에 대해 관심이 생기기 시작했다.

보통, 처음에 어떤 심법으로 내공을 쌓느냐가 중요한 이유는 그 심법과 상반되는 심법을 다시 익힐 수 없기 때문이다.

한 사람의 몸 안에서 두 개 이상의 기운이 충돌했다가는 주화입마에 걸려 폐인이 되거나 목숨을 잃을 수 있다.

하지만 누가 그랬던가? 사람의 집념은 대단하다고.

황제는 자신을 지켜 줄 강력한 무력집단을 원했고, 이를 위한 가장 좋은 방법은 이미 무공을 익힌 무림인들을 대거 황군으로 받아들이는 것이다.

하지만 그렇게 다양한 무림인들을 받아들이다 보니, 그들이 쓰는 무공이 달라 합을 맞추거나 할 때 문제가 생기곤 했다.

이미 무공을 익힌 이들에게 다른 무공을 익히게 할 수는 없는 일.

그건 그야말로 죽으라는 명이나 진배없었으니까.

이에 황제는 무림의 각 문파와 무가에 황명을 내려 무공에 대한 연구를 지시했는데, 그 연구의 산물이 바로 황궁 무공이다.

기존에 무공을 익히고 있는 이들도 다시 내공을 쌓는

데 아무 문제가 없었으며, 또한 여러 무공의 장점을 잘 모아 만든 상승무공이기도 하다.

이를 바탕으로 황제는 강력한 황권을 구축할 수 있었다.

아무튼, 황궁 무공은 황제에게 충성하는 무인들이라면 필수적으로 익혀야 하는 것이다.

하지만 황제의 허락 없이 황궁 무공을 익힌다면 그 자체로 반역으로 간주, 쓰디쓴 대가를 치러야 했다.

그렇기에 내심 '배우고 싶다'라는 마음만 있던 무공인데 이렇게 배울 수 있게 되다니!

내가 황궁 무공을 배우고 싶었던 이유 중 하나는, 황궁 무공은 뚜렷한 특징을 남기기 때문이다.

그 특징이 있으면, 아주 효과적으로 나쁜 놈들을 벗겨 먹을 수 있으…….

험험, 아무튼 아주 좋은 일이다.

"내 따로 언질을 줄 터이니, 이만 가 봐라."

"황은이 망극하옵니다. 소상, 물러가겠습니다."

황제의 축객령에 나는 기쁜 마음으로 물러났다.

.

.

.

"나오셨습니까?"

황궁을 나서자 옆에서 대기하고 있던 서우 무사가 나에게 말했다.

"아, 네."

황궁으로 올 때 팔갑과 서우 무사 그리고 여응암 무사와 함께 왔다.

다른 두 무사는 먼저 씻고 잠시 쉬고 있으라고 했다.

네 명의 호위무사가 다 같이 나를 따르는 건 너무 비효율적이다.

사실, 지금처럼 둘씩 조를 짜서 나를 호위하는 것도 좀 부담스럽고 미안하다.

네 시진씩 돌아가며 나를 호위했으니까.

솔직히 네 시진(8시간)을 일했으면, 여덟 시진(16시간)은 쉬어야 한다고 생각한다.

다른 일도 아니고, 계속해서 신경을 곤두세우고 있어야 하는 일이니까.

그래도 몇 달만 있으면 명종 무사와 창운 무사가 가세하니, 호위들의 부담도 좀 줄어들겠지.

"이제 갑시다."

"네, 모시겠습니다요."

우리는 다시 북경의 임시 처소에 도착했다. 어느새 시간은 저녁때가 다 되어 가고 있었다.

"왔냐?"

그 목소리에 뒤를 돌아보니, 정호 형이 나를 보며 서 있었다.

"그동안 고생 많았어."

"고생은 뭘. 네가 해 놓은 일이 워낙 정리가 잘 되어 있어서 전혀 힘들지 않았다."

"진짜? 그럼 형이 여기 있……."

"한 대 맞고 싶냐?"

정색하는 정호 형을 보며 나는 하하 웃었다.

"나 우리 애들이랑 부인이랑 몇 달째 못 보고 있는 거 알지?"

"알지 그럼! 농담이었어."

"농담인 거 아니까 안 팬 거다."

"하하하."

"가자, 밥 먹으러."

형은 밖을 가리키며 말을 이었다.

"내가 괜찮은 반점 하나 봐 놨으니까."

나는 고개를 끄덕이고는, 여창의 부관에게 퇴근하라는 말과 함께 회식비를 넉넉히 챙겨 주었다.

그러곤 정호 형과 함께 반점으로 향했다.

정호 형이 나를 위해 고른 음식은 원앙과(鴛鴦鍋)다.

화과(火鍋:훠궈)의 일종으로, 크고 얕은 솥에 육수를 끓여 얇은 고기와 채소 등을 살짝 데쳐 먹는 북경의 겨울철 음식이다.

원앙과는 매운 홍탕과 담백한 백탕을 반반씩 하여 칸막이가 있는 한 솥에 넣고 끓인다고 해서 붙은 이름이다.

"역시 겨울에는 화과지."

정호 형의 말에 나는 고개를 끄덕였다.

화과는 끓여 가면서 먹는 음식이니만큼, 추운 북경에

아주 딱 맞는 음식이다.
 나와 정호 형, 그리고 팔갑과 형의 시종이 한 상에 앉고, 다른 호위들이 양쪽으로 나뉘어 앉았다.
 "몇 번 와 봤는데, 이 집이 제일 낫더라고."
 "나도 이 반점 좋아해."
 이전 삶에서도 내 단골이었던 곳이다.
 다른 곳에 비해 고기의 질이 좋고, 양도 많이 주거든.
 기력이 떨어질 땐 고기가 최고다.
 그렇게 맛있게 식사를 하고 차를 마시는 동안, 정호 형이 내게 물었다.
 "이제는 어쩔 생각이야?"
 "뭘?"
 "네 일정 말이야. 계속 여기에 머물 거야?"
 그 물음에 나는 고개를 저었다.
 "아, 그건 아니야. 어차피 겨울에는 추워서 공사를 진행하지 못하잖아."
 "그렇지."
 원래 북경이 추운 지역이기도 하지만, 작년에 이어 이번 겨울도 엄청나게 추웠다.
 그런 탓에 한겨울에 공사를 진행하는 것은 좋지 않다. 자재들이 얼어 있어서 건물이 부실해질 수도 있고, 인부들의 안전도 위험하다.
 "그래서, 아버지께서 이곳의 일을 마무리하고 형이랑 함께 호북으로 돌아오라고 하셨어."

"그랬구나. 그럼 이곳의 일은……."
"이곳의 행수에게 맡겨야지."
물론, 황궁 무공을 배우는 일도 있지만 그게 하루 이틀 걸리는 것도 아니고…….
"아! 그러고 보니 이 말 하는 거 깜빡했네."
"……?"
"생일 축하한다."
정호 형의 말에 나는 뺨을 긁적였다.
"선물은 돌아가서 주마. 미리 마련해 놓은 게 집에 있으니까."
"알았어."
그때 옆에서 누군가 조심스레 다가왔다.
"저, 혹시…… 선협미랑 공 아니십니까?"
그 물음에 나는 두 눈을 깜박이다가 이내 고개를 끄덕였다.
"역시! 맞군요! 용봉비무회의 영웅을 뵙게 되다니! 영광입니다!"
그 말에 주변의 손님들이 웅성거리기 시작했다.
"진짜? 그 영웅 선협미랑?"
"잘생겼어……."
벌써 여기까지 내 이름이 알려지다니…….
정호 형은 그런 나를 뿌듯한 표정으로 바라보고 있었기에, 도망갈 수도 없었다.
젠장.

그렇게 모여든 사람들에게 덕담을 한마디씩 해 주느라 힘들었다.

왜냐하면, 영웅에게 덕담을 들으면 행운이 찾아온다는 그런 이야기가 있으니까.

그것도 그냥 영웅이 아닌, 많은 이들의 목숨을 살린 영웅이어야 했다.

* * *

진영은 황궁으로 부지런히 발걸음을 옮겼다.

황제의 부름이 있었기 때문이다.

그렇게 황제의 앞에 서자, 황제가 그에게 물었다.

"자네, 황궁 무공을 누군가에게 가르칠 수 있는가?"

그 물음에 진영은 즉시 대답했다.

"물론입니다. 하오나, 이는 교관의 직무인 것으로 아옵니다."

"그건 나 역시 알고 있는 바이다. 다만, 이번에 황궁 무공을 배울 녀석이 좀 특수한 위치에 있어서 말이지."

"……?"

"그 녀석에게 자네가 직접 황궁 무공을 알려 주게나."

황제의 표정에 짙은 미소가 걸린 것을 보아하니, 그 대상이 누구인지 알 것 같았다.

웃을 일이 없던 황제였지만, 몇 년 전부터는 황제에게도 웃을 일이 생겼다.

바로, 은해상단의 은서호를 만나고부터.

옆에서 황제를 지켜보던 진영은 '저러다가 뒷목을 잡고 쓰러지지 않으실까?' 싶었던 경우가 한두 번이 아니었다.

그런데 은서호를 만난 날은 무척 즐거워 보이시니, 진영은 그게 무척이나 기꺼웠다.

그는 어릴 적 아버지를 따라 황궁에 왔었다.

그리고 현 황제는 당시에는 수많은 왕자 중 한 명에 불과했다. 하지만 진영은 그 왕자를 보는 순간 직감했다.

자신의 심장을 바칠 분이라는 것을.

그는 염원대로 왕자의 호위대가 되었고, 지금은 황제가 된 그의 손과 발이 되었다.

황제는 진영에게 은서호에 대해 "당돌한 놈이야."라고 평하곤 했다.

하지만 진영은 안다.

은서호가 단지 당돌하기만 해서 황제가 미소 짓게 하는 건 아니라는 것을.

눈치가 기가 막혀서, 치고 빠지는 솜씨도 훌륭했지만, 무엇보다…… 일을 잘했다.

부지런한 꿀벌이 꿀을 물어 오듯, 황제에게 득이 되는 일들을 부지런히 가져왔으니까.

'그러니 황제 폐하의 눈에 은서호 소단주가 마치 꿀단지처럼 보이는 거지. 그나저나 황궁 무공이라…….'

하지만 총애하는 자에게 금은보화 같은 것이 아닌 황궁 무공이라니…….

조금 이상하게 보일 수도 있지만, 진영은 황제를 안다.
그는 총애하는 이에게 뭔가를 줄 때, 앞날을 생각해서 준다는 것을.
"명을 받듭니다."
그리 대답하며 진영은 생각했다.
조만간 황제가 은서호에게 금의위들과 함께 제법 큰 일을 맡길 것 같다고.

* * *

다음 날.
진영 대협이 내 임시 거처를 또 방문했다.
"오늘 또 뵙는군요."
"어제는 잘 들어갔는가?"
"네. 대협. 덕분에 잘 귀가했습니다."
진영 대협은 내 집을 둘러보며 물었다.
"이곳에 무공을 수련할 만한 장소가 있는가?"
역시 예상대로 진영 대협이 내게 황궁 무공을 가르칠 분으로 낙점된 모양이다.
"물론입니다."
"그럼, 옷을 갈아입고 그곳으로 오게나."
"네."
나는 이필 무사에게 진영 대협을 연무장으로 안내해 달라고 한 후 안으로 들어갔다.

그리고 팔갑의 시중을 받아 옷을 갈아입고 연무장으로 향했다.

이곳이 임시 거처이긴 하지만, 적잖은 기간을 머물러야 할 곳. 그래서 내 수련을 위해 제법 넓은 연무장을 마련해 놨다.

나만이 아니라 다른 호위들과 팔갑도 이곳에서 수련을 하곤 한다.

연무장에 도착하자 진영 대협은 연무장의 바닥을 살피고 계셨다.

그걸 보니 제대로 하실 생각임을 알 수 있었다.

"흙바닥이군."

"네. 평범한 흙바닥입니다."

"의외군. 자네처럼 돈 많은 자의 연무장이니만큼 청석을 깔았을 거라고 생각했는데."

"그렇죠. 관리도 쉽고 깨끗하고 먼지도 날리지 않으니 옷이 흙투성이가 되지도 않고요."

나는 미소 지었다.

"하지만, 전투가 벌어지는 장소 대부분은 그냥 평범한 흙바닥이지 않습니까?"

무공을 사용할 때, 아니 누군가와 전투를 벌일 때 가장 중요한 것은 주변 환경을 파악하는 것이다.

그리고 대부분의 무공의 기본은 바닥이다.

어지간히 대단한 경지에 오르는 게 아닌 이상, 땅에서 싸우는 경우가 대부분일 수밖에 없다.

시문 도독 〈175〉

보법을 쓸 때에도 땅에 따라서 적절히 다르게 활용해야 하고, 무기를 휘두를 때도 마찬가지다.

"청석에서만 훈련하면, 실전에서는 실수가 잦을 것 같아서 말입니다."

"하하하. 자네 말대로지. 솔직히 무림의 대 문파들이 연무장에 청석을 까는 건 자랑하는 것 외에는 하등 쓸모가 없다고 생각하네."

나와 생각이 같으시군.

"그럼 본격적으로 수련에 들어가기에 앞서, 황궁 무공에 대해 말해 주겠네."

"경청하겠습니다."

"황궁 무공의 정식 명칭은 '황궁천숭만세보위무공(皇宮天崇萬世保衛武功)'이네."

황궁을 하늘처럼 받들고 만세 동안 보호하는 무공이라…… 엄청 거창한 이름이네.

"하지만, 솔직히 너무 길지. 그래서 줄여서 그냥 황궁 무공이라 하는 거네."

"그렇군요."

"황궁 무공은 내공심법, 경공, 권법, 각법, 검법, 진법, 추법으로 나뉘네."

다른 건 다 알겠는데 추법이 뭐지?

진영 대협이 그런 내 생각을 알았는지 설명을 했다.

"다른 건 다 알 테고, 추법(追法)이 뭔지 궁금하지?"

"네."

"그냥 추적술이라고 생각하면 되네. 솔직히 황궁 무공의 목적이 황제 폐하를 지키는 데 있긴 하지만 또 다른 목적이 범죄자를 추적하여 체포하는 것이니까."

"아!"

진영 대협의 설명이 이어졌다.

"……설명은 여기까지고, 혹시 궁금한 게 있는가?"

"예. 제가 듣기로 내관들께서 따로 익히는 무공이 있다고 들었습니다."

"아아…… 그거 말이지? 맞네. 하지만 그건 신체적인 이유로 인해 내관들만 익힐 수 있는데, 왜? 관심 있나?"

진영 대협의 시선이 슬쩍 내 하체를 향했고, 나는 단호하게 말했다.

"관심 없습니다. 그냥 궁금했을 뿐입니다."

허…… 이 대협이 지금 큰일 날 소리를 하시네.

수련이 끝났다.

진영 대협은 앞으로 하루 걸러 찾아오시기로 했고, 오늘은 기초적인 체력을 점검했다.

그리고 '본격적으로 들어가도 되겠군.'이라고 중얼거리시던데…….

나는 지금 북경지부 건설 현장에 와 있다.

이렇게 밤에 온 건, 낮에는 둘러볼 시간이 나지 않았기 때문이다.

그런데…… 저건 뭐지?

저 멀리 보이는 뭔가를 가만히 살펴보던 나는 기겁해서 외쳤다.
"거기! 지금 남의 공사장에서 뭔 짓을 하는 겁니까?"
내 외침에 그곳에 있던 한 남자가 화들짝 놀라더니, 발을 딛고 올라가 있던 발판에서 미끄러졌다.
"컥-!"
그 바람에 건물의 나무 골조에 매달아 놓았던 고리에 목이 걸렸다.
이를 본 서우 무사가 곧바로 검기를 날렸다.
샥-!
그 검기는 그 남자의 목을 매달았던 끈을 잘랐고, 그 남자는 그대로 아래로 떨어졌다.
쿵-!
"허억! 허억!"
나는 그에게 달려갔다.
"괜찮으십니까?"
"……네. 괜찮습니다."
서우 무사가 빨리 움직인 덕분에 실제로 목이 조여진 시간은 얼마 되지 않았으니까.
오히려 엉덩방아를 찧은 엉덩이가 더 아프겠지.
나는 그를 보며 물었다.
"자진하려 하신 겁니까?"
"……."
대답이 없는 것을 보니, 내 짐작대로군.

아니, 그보다 이곳을 지키고 있어야 할 무사는 대체 어디로 간 거지?

일단 그건 나중에 알아보고, 우선 내 앞의 사내가 대체 왜 자진을 하려 했는지부터 물어봐야겠군.

"이곳은 저희 은해상단의 북경지부 신축 공사 현장입니다. 무슨 사연이 있는지 모르겠지만, 이곳에서 자진을 하려 하셨다니! 좀 많이 폐가 될 거라고는 생각하지 않으십니까?"

내 타박에 그는 엎드려 사죄했다.

"죄송합니다. 정말 죄송합니다!"

그의 눈이 검게 죽어 있는 것을 보니, 깊은 절망이 느껴졌다.

"하아, 대체 왜 그러신 겁니까?"

"……그것은, 말하고 싶지 않습니다."

"그럼 할 수 없죠. 팔갑아, 현청에 신고해. 여기 사유지에 무단으로 침입한 자가 있다고."

"알겠습니다요."

"그리고 이렇게 용의주도하게 침입하여 이곳에서 자결하려 했다는 건 우리 은해상단에게 큰 손해를 입히려는 목적일 수도 있으니, 이에 대해 철저하게 수사해 달라고도 해."

나는 말을 이었다.

"지금까지 이 북경지부에 들어간 돈이 얼마인데! 이곳에서 사람 죽었다는 소문이라도 나 봐! 그 돈 다 허공에 날리는 거야!"

내 말은 과장이 아니다.

만약 이자가 이곳에서 죽었다면…… 진짜 상상도 하기 싫은 일이다.

"주군의 말씀대로 이는 심각한 일입니다."

"정말 큰일 날 뻔했습니다요!"

"그러니까, 철저하게 밝혀내야지! 현청에서 심문을 받다 보면 말하고 싶지 않아도 말하게 되겠지."

나는 팔갑을 보며 말했다.

"뭐 해, 얼른 현청에 신고해."

팔갑이 자리를 뜨려고 하자, 그 사내가 다급히 외쳤다.

"그, 그건 안 됩니다!"

그리고 내 바짓가랑이를 잡으며 애원했다.

"제, 제가 잘못했습니다."

이제야 좀 대화가 되겠네.

일단 옷차림을 보아하니, 좀 남루하긴 해도 유건도 쓰고 있고, 글을 읽으며 사는 이의 모습이다.

"그래서, 뭡니까? 자진하려고 했던 이유 말입니다."

"그게……."

그는 한숨을 푹 내쉬더니, 품에서 서책 한 권을 꺼냈다.

"이 서책 때문입니다."

그 서책을 받아 표지를 본 순간, 나는 당황할 수밖에 없었다.

어? 이 서책, 이 서책이 왜?

"아, 이번에 새로 출간된 시문집이군요."

이필 무사가 그걸 보며 말했다.

"요즘 그 시문집에 대해 칭송이 자자합니다. 시문으로 표현할 수 있는 극도의 아름다움을 표현했다고 말입니다."

이필 무사는 무사이긴 하지만, 명문세가인 사천당가 출신이어서인지 시문 같은 것을 곧잘 찾아 읽곤 했다.

그래서인지 이 시문집을 알아보았다.

하지만 내가 이 시문집을 보고 당황한 이유는, 이 시문집이 요즘 칭송이 자자해서 같은 이유 때문이 아니다.

바로 이 시문집의 제목이 [일공시문집]이었기 때문이다.

지은이는 추일공.

그래, 추일공은 내 지난 삶에서 유소악 내총관이 지은 시를 뺏어 자신의 이름으로 발표한 놈이다.

하지만 이번 삶에서는 내가 먼저 선수를 쳤지.

유 내총관과 공동으로 [소악시문집]을 출간했다. 그 덕분에 제갈세가의 태상가주와 인연을 맺었고 지금도 유 총관은 태상가주님과 연락을 하며 지내고 있다.

이필 무사의 말에 그 사내는 서럽게 울기 시작했다.

"아닙니다! 크흑! 그 시문집, 그자의 것이 아니란 말입니다! 그 시문집의 시문…… 반 이상이 제 시문입니다!"

"네?"

이필 무사가 되물었다.

"그러면, 이 시문을 지은 추일공이라는 자가 당신의 시문을 뺏었다는 겁니까?"

그 물음에 그 사내는 흐느끼며 고개를 끄덕였다.

하아, 제 버릇 개 못 준다는 말이 떠오르네.

내가 유 내총관의 시문을 먼저 냈으니, 추일공은 그런 양심 없는 짓을 저지르지 않을 거라고 생각했다.

그런데 다른 사람을 찾아서 이런 양심 없는 짓을 저지를 줄이야.

물론 내 앞의 사내가 거짓말을 할 수도 있지만…… 저렇게 서럽게 울면서 자진하려 한 사내가 거짓을 말할 가능성은 낮다.

그 전적이 있는 추일공이라는 놈이 이런 짓을 저질렀다고 보는 게 맞지.

후, 역시 개쓰레기다. 그 새끼는.

"그래서 제가 가서, 훌쩍! 항의도 하고 그랬습니다. 크흥! 그런데…… 그자는 오히려 저를……."

"미친놈 취급했다는 거군요."

내 말에 그는 연신 고개를 끄덕였다.

"너무 억울하고, 그래서……."

"하여, 본인의 죽음으로 본인의 결백을 밝히고 싶어서 이런 짓을 벌인 거군요."

그리 말하며 내가 집어 든 건 [유서]였다. 아까 일공시문집을 꺼낼 때 바닥에 떨어졌거든.

나는 그 유서를 펼쳤다.

유서에는 사내가 말한 것처럼 추일공이 자신의 시문을 훔친 것이 너무 억울해서 죽음으로 결백을 밝힌다는 내용이 적혀 있었다.

"후, 어리석군요."

내 말에 그는 발끈했다.

"비록 당신 눈에는 지렁이가 꿈틀거리는 것처럼 보이겠지만, 이게 제가 할 수 있는 최선이란 말입니다! 그러니 비웃지 마십시오!"

"제가 왜 비웃습니까? 단지 저는 사실을 말했을 뿐입니다."

나는 말을 이었다.

"이깟 유서를 써 놓고 목을 매단다고 해서 그쪽이 눈 하나 깜빡할 것 같습니까?"

"……."

"오히려 치기에 못 이겨 죽은 바보라고 조롱을 당하지 않으면 다행이죠."

내 말에 그는 손톱으로 바닥을 긁었다.

손톱에서 피가 흐르는 것이 보였지만, 나는 말을 멈추지 않았다.

"그쪽의 죽음으로 반성할 사람이면 처음부터 그쪽의 시문을 훔치지도 않았을 겁니다."

"그러면 어쩌란 말입니까? 이 억울함을 풀 길이 없는데!"

처절한 절규.

사실, 방법이 전혀 없는 건 아니다.

하지만 그런 방법들은 시간도 오래 걸리고 돈도 많이 들지.

일반 백성들이 억울함을 풀기 힘든 현실에 입맛이 썼다.

"그 전에, 뭐 하나 물읍시다."

"뭡니까?"

"왜 하필 여기서 죽으려고 했습니까? 솔직히 죽으려면 다른 곳도 많잖습니까?"

"그건, 이곳이 은해상단의 공사 현장이기 때문입니다."

그게 무슨 말이지?

"은해상단은 현재 덕망이 높은 곳입니다. 그리고 은해상단의 셋째 소단주는 무림의 영웅으로 유명합니다. 그런 만큼 제 유언장이 무시되는 일이 없을 거라고 생각했습니다."

"……."

"그리고 제 장례도 잘 치러 줄 거라고 생각했고요. 사실 제 집안이 한미하여 장례를 치를 비용이……."

얼씨구.

잘나가다가 뭔 소리냐?

우리 은해상단을 높게 쳐 주는 그 말에 기분이 좋았지만, 장례를 잘 치러 줄 거라는 말에 갑자기 기분이 언짢아졌다.

이보세요.

우리 은해상단이 무료로 장례를 치러 주는 그런 곳입니까?

그런데…… 집안이라고?

"혹시, 가족들이 있습니까?"

"부모님은 돌아가셨고, 부인하고 네 살짜리 아들 녀석이 있……."

나는 참지 못하고 그자의 어깨를 차 버렸다.

팍-!

"아이쿠!"

그 바람에 그자는 바닥에 나뒹굴었다.

"이, 이게 무슨 짓입니까?"

"아, 죄송합니다. 한 집안의 가장이, 부인과 아이를 두고 자진하려 했다는 말에 저도 모르게 화가 나서 말입니다."

"……."

"부인과 아이는 어찌 살라고 그런 결정을 하신 겁니까?"

"그, 그건……."

내 말에 그의 얼굴이 붉어지더니, 이내 고개를 푹 숙였다.

솔직히 그가 왜 그런 결정을 했는지 알 것 같기는 하다. 그만큼 엄청나게 좌절했기 때문이겠지.

사람은 때론, 주변의 그 어떤 것도 보이지 않고 오직

하나만 보일 때가 있다.

그 하나가 사라지면 삶의 의미 역시 사라진다고 생각하지.

내 앞의 사내에게는 그것이 '시문'이었을 거다.

그래도…….

남겨진 자들이 짊어져야 하는 아픔을 간과해서는 안 된다고 생각한다.

나는 그에게 말했다.

"뭐, 이것도 인연인데 시 하나 지어 보십시오."

"네?"

"그래야 그쪽이 진짜 실력이 있는 자인지 알 것이 아닙니까?"

"제가 왜 그쪽에게 제 실력을 보여야 한다는 겁니까?"

"그쪽의 말이 거짓이라면, 지금 당장 현청으로 끌고 갈 생각이니까요."

"……!"

그는 움찔하더니, 조심스럽게 헛기침을 했다.

"험험, 시제는 주셔야죠."

"시제라……."

나는 고개를 들었다. 추운 겨울이 성큼 다가와서인지 하늘의 별이 잘 보였다.

"별과 밤하늘로 해 봅시다."

내 말에 그는 눈을 감더니, 이내 시를 읊기 시작했다.

구절 하나하나가 참 아름다웠다.

유소악 내총관의 시도 아름답지만, 지금 듣고 있는 시도 아름다웠다.

마치 밤하늘을 시로 그려내는 듯했다.

그런데 이 시문…… 어딘가 익숙하다. 내 이전 삶에서 보았던 시문 같은데?

문체라는 건 그 사람 고유의 향취가 묻어나는 법이다.

그렇기에 다른 사람의 이름을 빌린다고 해도 알아보는 자는 알아보는 거다.

그의 시문을 듣던 이필 무사가 미간을 찌푸리더니, 그가 시문을 읊는 것을 끝내기 무섭게 외쳤다.

"이 시문, 일공 문집의 시와 비슷합니다!"

"당연히 비슷하죠! 제 시문을 베꼈는데!"

나는 차분히 고개를 끄덕이고는 그에게 물었다.

"시가 참 아름답습니다. 정녕 실력이 있으신 분은 맞군요. 성함이 어찌 되십니까?"

"제 이름은……."

망설이던 그가 말했다.

"송록(宋綠)입니다."

"……!"

그 말에 나는 충격을 받았다.

뭐? 송록? 그 비운의 시인 송록?

내 이전 삶에서, 세간을 떠들썩하게 한 사건이 있었다.

한 시문집 때문이었다.

그 시문집에 실린 시는 무척 유려하고 아름다웠다.

그래서 사람들은 그 시문집의 저자를 수소문한 끝에 찾아냈다.

하지만 그는 고개를 저었다.

"그건 제 시가 아닙니다. 제 아버지의 시를 모아서 출간한 것입니다."

그 아버지의 행방을 묻는 질문에, 아들은 위패가 있는 곳으로 데려갔다고 한다.

"아버지의 유언이었습니다."라는 말과 함께.

송록이라 적힌 위패.

즉, 그 시문집은 송록 시인의 유작이었던 거다.

그렇다.

내 앞의 이 사내는, 죽어서야 이름을 알릴 수 있었다.

추일공인가 하는 그 새끼는 이런 자들을 어떻게 그렇게 잘도 찾나 모르겠네.

이전 삶에서는 유 총관을, 이번 삶에서는 송록 시인을.

후, 이거 그냥 두면 안 되겠네.

그때 송록이 나에게 물었다.

"그나저나 댁은 누구십니까?"

"저 말입니까?"

나는 그에게 내 이름을 알려 주었다.

"제 이름은 은서호. 은해상단의 셋째 소단주입니다."

"……!"

내 말에 그는 깜짝 놀라더니, 다급히 머리를 조아리며 사죄했다.

"소, 소인이 망언을 했습니다. 부디 용서해 주십시오."

자신이 생각해도 본인이 한 말들이 망언이라는 걸 알기는 아나 보네.

그건 그렇고, 쓰레기는 치워야지.

"제가 도와드리지요."

"네?"

"그 억울함을 풀 수 있도록 제가 돕겠다는 겁니다."

"저, 정말 감사합니다. 역시 선협미랑이십니다."

아니다.

내가 그를 돕는 이유는, 영웅심 같은 게 아니다.

그저 유소악 총관에게 졸렬한 실력이라며 비난하여 상처를 주고 저번 삶에서는 그 시문을 가로채기까지 한 것에 대한 복수니까.

"그리 말씀하실 거 없습니다. 어차피 그쪽이 수고해야 하는 일이니 말입니다."

그리고 이번 일이 잘 마무리되면, 이 사람에게도 수고비를 좀 받을 생각이다.

고용이라는 형태로.

이전 삶에서 그의 아들이 아버지에 대해 평한 말이 기억난다.

"아버지는, 평생 시문에 매달려 사신 분이십니다. 그저 밥만 축내시는 분이셨죠. 그래서 어머니께서 무척 고생이 많으셨고 저 역시 성인이 되자마자 돈을 벌기 시작했습니다. 그러니 저에게 시문을 지으라는 청은 하지 마십시오. 저는 시문을 보기만 해도 구역질이 나니 말입니다."

솔직히 예쁜 구석은 없지만, 그 가족들이 안쓰러우니까. 그리고 그 재주도 아깝고.
뭐, 열심히 굴릴수록 그 가족들이 배를 곯는 일은 없겠지.

* * *

북경의 이번 겨울의 추위는 작년보다 더 매서웠다.
하지만 그 추위를 잊게 할 정도의 사건이 벌어졌다.
그 시작은 한 장의 방이었다.

[황실주최 시문경연]
[시인들이여! 그대의 명예를 제국 전역에 드높여라!]

바로, 황실 주최 시문 경연에 대한 방이었다.
자신의 이름을 제국 전역에 알리고 싶은 시인들의 무거운 엉덩이가 들썩이기 시작했다.
그리고 그런 그들을 움직이게 만든 건 바로 상금이었다.
"자네 들었나? 이번 황실 주최 시문경연의 상금이 어마

어마하다면서?"

추일공과 친우들은 북경의 화젯거리인 시문 경연을 주제로 대화를 나누었다.

이에 추일공은 그 말에 애써 담담하게 말했다.

"큼! 크흠! 나는 상금에 관심이 없네."

왜냐하면, 그가 낸 시문집은 그의 실력이 아니니까.

"역시 추일공 자네는 참된 시인이야. 그래서 내 자네를 위해 선물을 준비했네."

"선물?"

친우는 그에게 종이 한 장을 내밀었다.

"이번 시문경연의 참가증이네. 내가 자네 이름으로 참가신청서를 냈지. 하하하."

"……."

* * *

이번에 나는 일을 하나 벌였다.

그건 바로 황실 주최 시문경연이다.

그 경연의 가장 큰 목적은 공개적인 장소에서 추일공을 망신 주는 것이다.

우리 은해상단이 백대 상단 중의 한 곳이긴 하지만, 상단의 이름으로는 콧대 높은 저들을 움직일 순 없다.

나는 황제와의 대화를 떠올렸다.

"음, 시문경연이라…… 그걸 해서 나에게 득이 될 것이 무엇이냐?"

"우선, 북경에 돈이 돕니다."

"돈이 돈다?"

"제가 이번에 용봉비무회 때문에 낙양에 다녀온 것을 아시리라 봅니다."

"그렇지. 그곳에서 영웅이 되어 왔지."

"……아무튼, 그때 알게 되었습니다. 무림맹이 용봉비무회와 같은 행사를 주최하는 건 낙양에 돈이 돌게 하기 위해서라는 것을 말입니다. 자고로 주머니가 두둑해야 불만이 들어가는 법입니다."

"단지 그 이유만이더냐?"

"또한, 황제 폐하께서 원하시는 인재를 발견할 수 있는 기회가 될 것입니다."

"하긴, 시문 좀 읊는다는 자들이라면 사서삼경은 다 배웠으니."

황제는 고개를 끄덕이다가 말했다.

"하지만 모든 행사는 그 진행에 예산이 들어가는 법. 그 재원을 마련하려면…… 아! 참가비를 받으면 되겠군."

역시 영민하신 분이다.

"그건 그렇고, 진짜 목적이 뭐냐?"

후, 역시 만만치 않은 분이기도 하고.

"요즘 출간되는 시문집들을 보다 보니, 문득 그런 생각이 들었습니다. 그 시문집의 시들이 정말 그 본인의 시가 맞는지 말입니다. 하여 그 진위를 가려 보고자 합니다."

황제는 내 말에 흥미로운 표정을 짓더니, 흔쾌히 승낙했다.

그리고 "나 역시 그게 궁금하긴 하다. 뭐, 나와 황실에 득이 되는 일이기도 하니 진행하도록 하지."라고 말씀하셨다.

그 결과가 바로 이것이다.

그런데, 나도 몰랐다. 이번 일을 위해 황제가 세빈상단을 끌어들일 줄은.

하긴 천하제일 상단이면서, 황실에 문방사우를 납품하는 곳이니 이번 일에 적임자기는 하지.

그렇게 이번 시문경연은 황실이 주최하고, 세빈상단과 은해상단이 후원하는 행사가 된 것이다.

그리고,

가장 중요한 건 추일공이라는 자를 참가시키는 것.

이를 위해서 그의 친우 중 하나를 조용히 매수했다. 그가 스스로 자진하여 참가할 일은 없을 테니까.

자신의 실력이 백일하에 드러나는 게 달갑지 않을 터니 고고한 학자인 척 움직이지 않겠지.

그래서 그 주변 인물로 하여금 대리로 참가신청서를 내도록 했다.

참가신청서를 내고 참가하지 않는다는 건, 황실을 기만하는 행위.

큰 벌을 받게 되니만큼, 추일공은 시문경연에 참석할 수밖에 없다.

생각만 해도 웃음이 나네.

"그렇게 신나십니까요?"

"당연하지!"

"솔직히 저희 상단에 큰 손해를 끼치려고 했던 자인데, 불쌍하다고 이리 도와주시고 참…… 도련님은 사람이 너무 좋으십니다요."

"언제는 무섭다고 하더니, 지금은 사람이 좋다고 하고…… 대체 어느 쪽에 장단을 맞춰야 하는 거냐?"

내 말에 잠시 생각하던 팔갑이 대답했다.

"사실, 저도 헷갈립니다요. 헤헤. 그냥 둘 다 하셔도 됩니다요. 둘 다 어울립니다요."

"그래?"

그런데 뭔가 칭찬 같으면서도 칭찬이 아닌 듯하면서도 칭찬 같은 이 기분은 뭐지?

그나저나 사람이 좋다라……

글쎄? 딱히 내가 좋은 사람이라는 생각이 들지는 않는데 말이지.

내가 이번 일을 벌인 가장 큰 이유는 유소악 내총관의 복수 때문이다.

그리고 추일공이라는 자로 인해 피해를 입은 이들 중에 두 명이나 우리 상단과 관련이 있고.

그러다 보니 그런 생각이 든 것이다.

우리 상단과 관련이 있는 피해자가 또 발생하지 않을까 하는.

그래서 미리미리 그 싹을 제거하려는 것이다.

그때 팔갑이 물었다.

"혹시, 이번 일을 벌이신 게 내총관님을 위한 것입니까요?"

"응?"

"전에 내총관님하고 나들이를 가셨을 때 유 총관님이 그러지 않으셨습니까요? 시문으로 유명해지고 싶었는데 당시 학정으로 있던 추일공이라는 분 앞에서 시를 읊었더니, 시문에 재능이 없어 망신당하기 딱 좋으니 관두라고 했다고요."

그 말에 나는 깜짝 놀랐다.

"아니, 그걸 기억하고 있어?"

"그때 풍광이 좋아서인지, 기억이 납니다요."

아…… 그러고 보니 팔갑의 기억력이 상당히 좋긴 했지. 그래도 그것까지 기억하고 있을 줄은 몰랐는데…….

혹시 이것도 살왕의 재능인가?

문득 전에 낙양에서 얻었던 그 비급에서 봤던 구절이 떠올랐다.

[사소한 것이라도 모두 기억하여 적재적소에 사용하는 것은…….]

"아무튼, 그래서 좋은 분이라는 겁니다요."

그렇게 말하는 팔갑을 보며 나는 미소를 지었다. 아무래도 내가 시종 복은 타고난 것 같다.

기억력이라고 하니, 허운 각원이 생각나네.

지금은 정보대에서 열심히 일하고 있는 그의 기억력은 뭐, 논외로 봐야지.

그때 밖에서 이필 무사의 목소리가 들렸다.

"주군, 은 지부장님 오셨습니다."

"들어오세요."

내 말에 문이 열리고, 은 지부장이 서우 무사와 함께 들어왔다.

누군가를 만날 땐, 호위무사가 내 뒤에 시립해 있어야 했으니까.

은청인 지부장.

우리와는 먼 친척뻘인데, 그동안 북경의 상점을 맡아 운영하던 행수로 이번에 지부장으로 승격하신 분이다.

나이는 사십 대 후반.

비록 나보다 나이도 많고, 먼 친척이긴 하지만 지금 이 자리에서는 소단주와 지부장이다.

내가 그를 부른 이유는, 얼마 전에 북경지부의 신축현장에 갔을 때 그곳에 있어야 할 경비를 서는 무사들이 없었다는 것 때문이다.

그는 나에게 고개를 조아렸다.

"그래서, 제가 알아보라고 하신 건 알아보셨습니까?"

당시 일이 있고 이틀의 말미를 줬으니까.

그 말은 즉, 송록이라는 자를 만나고 이틀 만에 황실주최 시문경연에 대한 방을 붙였다는 거다.

나도 추진력이 좋다고 자부하지만, 황제는 진짜 미친 수준이다.

나는 은청인 지부장에게 물었다.

"그래서, 어찌 된 일이랍니까?"

"저…… 송구합니다. 당시 경비를 서던 무사들은 그때, 술을 마시러 갔다고 합니다."

내 눈을 보지 못했던 이유가 있었다.

그의 머리가 점점 아래로 내려갔다.

그가 직접 경비를 하는 건 아니지만, 어쨌든 관리 감독은 그의 책임이니까.

"정말 송구합니다. 그래도 아무 일도 없어서 정말 다행입니다. 하하하."

"아무 일도 없었다고요?"

내 목소리가 날카로웠던지, 그는 움찔했다.

"네?"

"제가 말씀드리지 않으려고 했는데, 이 일의 심각성을 모르시는 듯하니 말씀드리죠. 제가 신축현장을 살펴보러 갔을 때 누군가 그곳에서 목을 매 자진하려고 했습니다."

그자가 송록이라는 건 밝히지 않았다. 이런 건 익명을 보장해 줘야 하니까.

내 말에 그는 화들짝 놀랐다.

"그, 그게 정말입니까?"

"제가 마침 그곳에 가지 않았다면 그자의 시도는 성공했겠죠. 그럼 어찌 되었겠습니까?"

내 말에 그는 아연실색했다.

그도 상단의 행수로 일해 왔으니, 그게 얼마나 큰일인지 모를 리가 없다.

"솔직히 말해서, 저는 은 지부장님을 계속 유임해도 될지 의심스럽습니다."

내 말에 그는 내 앞에 납작 엎드렸다.

"죄송합니다! 정말 죄송합니다!"

"왜 저에게 죄송합니까? 솔직히 북경지부의 일이 잘못되어도 저와 제 가족은 여전히 잘 먹고 잘살 수 있습니다. 하지만 이 북경지부로 인해 먹고 사는 분들은 한순간에 밥줄이 끊기는 거죠. 사과는 그분들에게 하셔야 하는 거 아닙니까?"

"……."

"일이 커졌다면, 그 밥줄이 끊기는 이들 중에는 지부장님과 그 가족도 포함되었을 겁니다."

"……죄송합니다."

이쯤하면 정신 차렸겠지. 호된 채찍은 이쯤하면 되었고 이제 달콤한 당호로를 쥐어 줘야지.

"일어나세요."

"……."

"어서 일어나세요. 바닥이 찹니다."

나는 일어나 그에게 다가갔고, 손을 잡고 일으켰다. 그리고 두 손으로 그의 손을 잡으며 말했다.

"저도 은 지부장님이 얼마나 힘들게 이 자리까지 올라왔는지 압니다. 그리고 지부장님의 능력도 잘 알죠. 정말 고생 많으신 거 잘 압니다."

나는 미소 지었다.

"지부장으로 승급하면서 들뜬 마음에 방심하신 거라고 생각합니다."

"크흑! 제가 면목이 없습니다."

"저는 은 지부장님의 능력과 고생을 알기에 한 번 더 믿어 보려고 합니다. 부디 저를 실망시키지 않으셨으면 합니다."

한 번 실수했다고 날려 버리는 건 너무 비정하니까.

그리고 그의 충성심이나 능력은 의심의 여지가 없다.

"다시는 실망하시는 일이 없도록 분골쇄신하겠습니다."

"이제 겨울이니, 공사가 중지되지만 봄이 되면 다시 공사는 재개될 것입니다. 그러니 그사이에 일이 일어나 지부장님께서 지부장이 되지 못하는 일은 없어야 할 겁니다. 그러니 신경 좀 잘 써 주세요."

"그리하겠습니다."

"아, 그리고 이번에 문제를 일으킨 무사들 저에게 보내십시오."

"네?"

내 지시에 움찔하는 은 지부장.
뭐지?
"문제 있나요?"
"아, 아닙니다! 금방 이곳으로 보내겠습니다."
그가 나가고, 내 뒤에 있던 서우 무사가 물었다.
"그 무사들은 어찌 처리하실 생각이십니까?"
"우선 이유를 물어보고요. 타당한 이유가 있다면 정상 참작을 해 주겠죠. 하지만 시답지 않은 이유였다면……."
나는 빙긋 웃었다.
"정신교육이 필요하겠죠."
나는 팔갑에게 물었다.
"팔갑아, 내가 말한 거 준비됐어?"
"물론입니다요!"
내가 준비한 게 뭔지 아는 서우 무사는 헛웃음을 지었다.

잠시 후.
내 집무실로 무사들이 들어왔다. 무사들은 모두 다섯 명이다.
그들을 보자 순간 혈압이 올랐다.
한두 명도 아니고, 다섯 명이나 배치했는데 아무도 보이지 않았다니!
그들은 자신들의 잘못을 아는지, 고개를 숙인 채 쭈뼛거리며 들어왔다.

"그날, 술을 마시고 있었다죠?"

은해상단의 각 지부와 상단의 무사들은, 은풍대 소속이다.

기본적으로 순환 근무를 하는데, 그들은 북경으로 파견된 지 일 년에서 삼 년 사이의 이들이다.

삼 년이면, 이제 본단으로 갈 시기이긴 하군.

나는 그들에게 물었다.

"왜 그러셨습니까?"

"그게······."

"이유가 있을 게 아닙니까? 단지 술이 땡겼다든가, 그런 이유도 없습니까?"

내 말에 그들 중 하나가 조심스레 입을 열었다.

"괜찮을 줄 알았습니다. 그 소문도 있고 해서······."

"소문이요?"

"그······ 소단주님께서 귀신을 부려서 그 땅을 지키신다는 소문······ 이 있어서."

"그래서 그 소문 때문에 문제를 일으키는 이들이 함부로 오지 못해서······ 그래서인지 그동안 밤에 아무도 오지 않아서······."

그래서 경비를 안 서도 괜찮을 줄 알았다는 거네.

나는 한숨을 푹 내쉬며 말했다.

"사실, 그날 밤. 제가 그곳에 가지 않았다면 아침에 무사님들은 시신을 발견했을 겁니다."

"네?"

"누군가 그곳에서 자진을 시도했거든요."

내 말에 다섯 무사의 얼굴이 하얗게 질렸다.

그들도 그 사건이 얼마나 심각한 것인지 깨달은 것이다.

"만약 그 일이 벌어졌다면, 무사님들은 은풍대에서 쫓겨났을 겁니다. 솔직히 이번 일도 충분히 쫓겨날 만한 사유죠."

"……."

나는 이번 일의 원인이 뭔지 알 것 같았다. 그건 바로 기강이 해이해졌다는 거다.

은 지부장은 적당히 질책하고 격려했으니 문제가 없을 거고, 이 무사들은 어떻게 하는 게 좋을까.

뭐, 고민할 필요는 없다.

이미 조치를 생각해 두었으니까.

"우선 본단으로 귀환조치 하겠습니다. 그리고 본단에서 무사들이 다시 올 때까지 모든 업무에서 배제하겠습니다. 그동안 자숙하세요."

"알겠습니다."

그들의 목소리에서는 안도함이 묻어 나왔다.

뭔가 엄청난 벌을 받을 줄 알았는데, 자숙과 귀환조치에 그쳤으니.

자숙이라는 건 다르게 말하면, 그때까지 그냥 노는 거다. 그러니 안도하는 것일 터.

안도하기에는 이를 텐데?

"하지만 하루라도 무공 수련을 게을리하면 무공이 퇴보하죠. 그렇죠? 서우 무사님?"

내 물음에 서우 무사가 고개를 끄덕였다.

"그렇습니다."

"큰 실수를 저질러서 이걸 어찌해야 하나 고민하고 있는데, 실력까지 퇴보했다? 그러면 외총관님께서 어찌 나오실 것 같나요?"

"……"

그들이 안색이 급격히 안 좋아졌다.

그들도 아는 거다. 무사의 기본은 무공이라는 것을 강조하는 외총관의 성격을.

"그래서 말입니다. 본단으로 귀환하시기 전까지 그 실력이 퇴보해서는 안 되겠죠?"

무언가 불길함을 느꼈는지, 그들이 다급하게 외쳤다.

"저, 저희가 알아서 수련하겠습니다."

"자, 잘할 수 있습니다!"

"뭘 믿고요? 밤에 북경지부 신축현장을 순찰하는 임무도 제대로 수행하지 못하는데 말입니다."

"……"

그때 다른 무사가 황급히 말했다.

"하, 하지만, 아시다시피 개인의 무공에 대한 건……."

"누가 무공 수련을 지도한다고 했습니까?"

"네?"

"저는 기본적인 체력훈련을 생각하고 있었습니다. 그

러니까…….."
 나는 씩 웃으며 말했다.
 "팔갑아! 그거 가지고 와."
 "네!"
 문이 열리고, 이필 무사와 여응암 무사가 낑낑대며 상자 하나를 들고 와 바닥에 놓았다.
 쿵—!
 그 소리가 그 무게를 짐작하게 했다.
 팔갑이 상자를 열자, 그 안에는 쇳덩어리가 가득했다.
 "이거 차고, 삼대 기초 수련을 해 봅시다."
 씨익 웃는 나를 본 무사들은 마치 악귀라도 본 듯한 표정을 지었다.

.

.

.

 다음 날이 되었다.
 아침을 먹은 나는 차를 마시며 여응암 무사에게 물었다.
 "그 무사들은 어떤가요?"
 내 물음에 그는 피식 웃으며 대답했다.
 "아주, 죽으려고 합니다."
 근무를 빼먹고 술을 마시러 갔던 다섯 무사에게 내가 명한 건 삼대 기초 수련이다.
 삼대 기초 수련이란, 은풍대의 무사들이 매일 해야 하

는 수련을 말한다.

달리기, 팔굽혀펴기, 기마 자세로 오래 버티기.

체력과 근력을 위한 수련이다.

이를 매일 해야 하는 시간이 세 가지를 합쳐서 한 시진이고, 그 이상은 자유다.

그러나 내가 데리고 있는 무사 중 딱 그 시간만 채우는 무사는 없다.

절정의 경지에 이르렀으면, 기본만 해도 될 법한데도 적어도 두 시진은 기초 수련에 할애했으니까.

아무튼, 나는 다섯 무사에게 기초 수련을 명했는데 그냥 하면 수련이 되지 않지.

하여 팔다리와 허리까지 총 백삼십 근의 쇳덩이를 달고 수련을 하게 했다.

백삼십 근이면 대충 쌀 한 가마다.

일반인이라면 너무 무거워서 반 시진도 버티지 못하겠지만, 무공을 익힌 무사들이라면 얘기가 다르지.

너무하는 거 아니냐고?

내가 수련할 때 이백 근 가까이 짊어지고 수련해 봐서 아는데 백삼십 근 정도로 안 죽는다.

"각자 해야 할 수련 시간은……."

그런데 나를 바라보는 표정이 마치 악귀를 보는 표정이었지.

그래서 나는 그들에게 세 가지 수련 모두 각각 두 시진씩 수련을 하도록 명했다.

사실 한 시진 반씩 명하려고 했는데, 그들의 표정에 상처를 받아서 말이지.

나는 보기보다 섬세한 사람이라, 그런 것에 상처를 많이 받는다고.

아무튼, 여섯 시진(12시간) 동안 수련을 하게 된 그들은 온종일 밥 먹고 수련만 해야 하는 아주 이상적인 무사의 삶을 보낼 수 있게 된 거다.

"그래도 며칠 하다 보면 적응되어서 할 만해지겠죠."

"그렇긴 합니다만, 저는 이해가 되지 않습니다."

"뭐가요?"

"왜 그 무사들에게 성장의 기회를 주신 겁니까?"

내가 무사들에게 명한 건 언뜻 보면 체벌처럼 보였지만, 여응암 무사의 말대로 성장의 기회기도 하다.

내가 전서를 넣고, 새로 무사가 올 때까지 걸리는 시간은 약 한 달.

그동안 내가 명한 대로 수련한다면 저들은 지금보다 더 성장할 터.

그걸 알기에 여응암 무사가 그리 묻는 거다.

"저들이 제가 내린 명을 수행하면서 어떤 생각을 할까요? 보나마나 처음에는 제 욕을 엄청나게 할 겁니다."

그건 불 보듯 뻔하다.

그들의 잘못으로 벌을 받는 거지만, 사람은 힘들 때 원망할 대상을 찾기 마련이고 그 대상은 보통 타인이다.

그러니 나를 욕할 건 뻔하지.

"하지만 상관없습니다. 사람들을 고용하면서 그들에게 욕을 먹지 않겠다는 건 배부른 소리지요."

내가 아무리 고용인들에게 잘해 주려고 해도 불만이 아예 없을 수는 없는 노릇이다.

내가 잘해 주는 만큼 그에 감사하는 이들도 많겠지만, 그래도 불평하고 더 바라는 이들도 있겠고.

그래도 그 무사들이 제정신이 박힌 이들이라면 나중에 내 의도를 깨닫고 감사할 터.

나중에도 깨닫지 못하면, 강제로 깨닫게 해 줄 수도 있고.

"그런데, 도련님께서는 상처받았다고 무사들의 수련 시간을 늘리셨지 않습니까?"

"……."

팔갑의 말에 나는 헛기침을 했다. 이에 여응암 무사가 팔갑에게 말했다.

"팔갑 소이."

"네?"

"이럴 땐 눈치를 좀 챙겨야 하는 법이오."

"그럼요. 헤헷. 눈치 챙겨야죠."

눈치가 엄청 빠른 팔갑이지만, 나를 놀릴 땐 눈치 없는 척을 한단 말이지.

"아무튼, 그렇게 고된 훈련을 하다 보면 점점 아무 생각도 들지 않게 되다가 결국 본인에 대해 관조하게 되죠."

"그건 맞습니다."

"그럼, 상단에 충성하는 기강이 잡힌 정예 무사가 되는 거죠."

나는 말을 이었다.

"아울러 그 훈련으로 인해 성과를 얻는다면 더욱더 노력하게 될 겁니다. 강해지기 위해 노력하면서 상단에 충성하는 무사의 가치는 높습니다."

"주군의 혜안에는 감탄할 수밖에 없군요."

"그리고 저들이 구르는 모습은 다른 이들에게 일벌백계가 될 겁니다."

"아울러 도련님의 악명도 높아지고 말입니다요."

"……."

팔갑아…….

내가 뭐라고 한마디 하려고 할 때 팔갑이 씩 웃으며 말했다.

"이제 슬슬 가셔야 합니다요."

에휴…….

나는 고개를 절레절레 흔들며 자리에서 일어나 임시 처소를 나섰다.

지금 향하는 곳은 세빈상단주의 손자인 인계성 공자가 있는 세빈상단의 별관이다.

세빈상단은 북경에 본단을 두고 있지만, 하북팽가와 마

찬가지로 황궁에서 하루 정도 거리를 두고 떨어져 있다.
하지만 황궁과 긴밀히 소통해야 할 일들이 종종 있었기에 황궁의 근처에 별관을 따로 두었다.
이번 황실 주최 시문경연을 위해 황제가 세빈상단을 끌어들였는데, 상단주와 소단주가 바쁘다 보니 인계성 공자가 그 일을 담당하게 되었다고 들었다.
황실에서 주최하는 큰 행사인 만큼 상단주가 직접 와야 했지만, 황제의 배려로 상단의 직계 중에 뛰어난 자들이 선별되었다.
아마 나를 염두에 두고 내린 명이겠지.
내가 세빈상단 별관으로 다가가자 기다리고 있었는지, 한 시종이 부리나케 달려왔다.
"은서호 소단주님 되십니까?"
"네."
"공자님께서 바로 안으로 모시라고 하셨습니다. 저를 따라오시지요."
그 시종의 태도는 무척이나 극진했다.
우리는 그의 안내를 받아 별관 안으로 들어갔다.
별관이라고 하지만, 그 규모는 상당히 컸다. 역시 천하제일상단이라는 건가?
접빈실에는 고급 차와 고급 과자가 준비되어 있었다.
그렇게 다과를 즐기며 잠시 기다리자, 인계성 공자가 접빈실로 들어왔다.
"기다리게 해서 죄송합니다."

"아닙니다! 과자가 맛있어서 시간 가는 줄 몰랐습니다."

"입에 맞으시니 다행입니다. 가실 때 좀 싸드리겠습니다."

우리는 부드럽게 이야기를 주고받았다.

오늘 이렇게 만난 이유는 이번 황실 주최 시문경연에 대한 준비를 논의하기 위해서였다.

물론 최종적인 것은 호부와 논의 후에 결정되겠지만, 그 전에 우리끼리 조율을 해 두는 게 좋다.

호부의 관리 앞에서 상인끼리 언성을 높이거나 얼굴을 붉히는 것만큼 꼴불견도 없으니까.

"이렇게 용봉비무회의 영웅과 함께 일을 하게 되어서 영광입니다."

그 말에 나는 손을 내저었다.

"인 공자까지 왜 그러십니까? 저는 그저 운 좋게 사람들의 목숨을 구한 것뿐인데 너무 치켜세우시니 부끄럽습니다."

"자랑스러워하셔도 됩니다. 저는 제 조부님의 목숨을 구해 주셨을 때부터 이미 소단주의 인품을 알아봤습니다. 언젠가 영웅으로 이름을 떨치실 분이라는 것도요."

전에 근성이 복윤 소단주로 변장하여 인강수 상단주의 목숨을 노렸던 일에 대한 것이다.

당시 범인은 영씨상방.

벼루 산지를 둔 갈등 때문에 일을 저질렀다던가?

인계성 공자가 말을 이었다.

"조부님과 아버지께서도 은 소단주에게 최대한 협조하라고 하셨습니다. 저 역시도 소단주에게 감사하고 있으니까요."

"그때 일은 제 친우가 관련된 일이었기에 그리했을 뿐입니다."

내 말에 인 공자가 웃으며 말했다.

"이러다가 서로 칭찬과 겸양만 하다가 끝나겠습니다. 하하하. 그러니 제가 먼저 그만해야겠네요."

현명한 선택이다.

"우선 경연회장에 대한 것부터……."

그렇게 우리는 하나하나 꼼꼼하게 세부적인 계획을 세우며 논의를 해 나가기 시작했다.

"가장 큰 문제는 역시 심사위원이군요. 황실 주최다 보니 북경 인근에서 날고 긴다는 시인들이 다 모일 테니 말입니다."

가장 예민한 부분이다.

자신의 제자라는 이유로 더 높은 점수를 줄 수도 있고, 싫어하는 인물의 제자라는 이유로 더 낮은 점수를 줄 수도 있으니.

"심사의 공평성에 중점을 두어야 할 듯합니다."

"하지만 그 명성을 무시할 수도 없습니다."

그렇게 이야기를 나누던 중 묘안이 떠올랐다.

"아! 이렇게 하면 어떻겠습니까?"

"경청하겠습니다."

"심사를 보는 이들의 의자를 돌려서 시문을 읊는 이를 등지고 심사를 보도록 하는 겁니다."

"하지만 목소리로 누가 누군지 알아볼 수도 있지 않습니까?"

"그걸 방지하기 위한 방법도 생각했습니다. 시문을 다른 사람이 대독하는 겁니다."

"그거 좋은 방법이군요."

그렇게 우리끼리 의견을 조율하고 다음 날 호부를 찾아갔다.

전에 내가 호부 관리의 부름을 기다리던 '상인 길들이기'를 당했던 사건 이후로 호부의 관리들은 '상인 길들이기'를 자행하는 일은 없었다.

동창 덕분인데, 지금 생각해도 참 고마우신 분들이다.

게다가 이번 일은 황제가 명한 경연에 관련된 일, 설령 내가 아니었더라도 그런 일을 했다가는 당장 모가지가 댕강일 거다.

우리는 호부 관리의 안내를 받아 회의실로 향했다. 그렇게 이런저런 논의가 이어졌다.

점점 시문경연의 날이 다가오고 있었다.

.

.

.

황실주최 시문경연의 날이 밝았다.

내 생각대로 시문경연 덕분에 북경에는 돈이 흘러넘치고 있었다.

특히 호황을 누린 곳은 객잔과 반점, 그리고 문방사우를 파는 곳들이다.

이를 위해 다른 지역에서 온 이들은 북경에 머물러야 하고, 식사도 해야 하니까.

그리고 이번 경연을 위해 좋은 문방사우를 구매하는 이들도 많았다.

이번 시문경연은 급하게 열리는 바람에 안타깝게도 북경과 북경 인근의 시인들로 참가가 한정될 수밖에 없었다.

그래도 이번 시문경연의 목적이 목적인 만큼 이번에는 이 정도로 만족해야지.

이번 시문경연이 성황리에 종료되면, 다음 시문경연은 제국 전역의 시인들이 모여드는 큰 행사가 될 거다.

그렇게 되면 우리 상단이나 사부님의 표국도 그 콩고물을……

생각만 해도 행복하다.

그런데 이번 시문경합으로 인해 뜻밖의 호황을 누리고 있는 곳이 있었다.

바로 주점과 주루들이다.

에휴, 술이 한 잔 들어가야 시문을 읊을 마음이 생기는 건지 아니면 시문을 읊으니 술이 마시고 싶은 건지 모르겠지만…….

뭐, 이 김에 실컷 마셔 두라지.

어차피 조만간 금주령이 내려질 테니까.

이미 흉년이 극심한 상태인데, 이번 봄쯤 되면 감당하기 어려운 지경이 될 테니까.

나는 경연장을 보았다.

경연장에는 수많은 인파가 몰려들었다.

한 번에 네 명씩 나와 경연을 펼쳤는데, 그들 사이에는 열십(十)자 칸막이가 있었다.

하여 서로 간에는 누가 누군지 몰랐지만, 주변의 관중들은 알 수 있었다.

그리고 심사를 보는 이들의 의자는 경연자를 등진 상태였다.

그때 진행자가 나왔고, 말했다.

"우선 이 자리를 빛내주신 황제 폐하와……."

그렇다.

지금 이 자리에는 황제와 황후는 물론, 황실 사람들이 대거 배석해 있었다.

덕분에 아주 좋은 여흥이 될 것 같다.

"그럼, 오늘 시문을 심사해 주실 분들을 소개하겠습니다."

우리가 선정한 심사위원들은 그 누가 봐도 인정할 만한 이들이다.

명망 높은 대학사들이거나 시문으로 이름을 날린 이들이니까.

그리고 제갈세가의 태상가주님도 심사위원으로 모셨다. 내 요청에 태상가주님은 무척 기뻐하셨지.

하여 복룡산에서부터 한달음에 달려오셨다.

그들은 황제 폐하께 예를 표하고 심사위원석에 앉았다.

"황제 폐하, 모든 준비가 끝났습니다."

"그럼 시작하라."

황제의 명령에, 진행자가 외쳤다.

"그럼 지금부터 제일회 황실주최 시문경연을 시작하겠습니다."

첫 번째 조의 시문경연이 시작되었다.

황제가 옆의 상자에서 종이 두 장을 뽑았다. 무작위로 시제를 뽑는 거다.

"첫 번째 조의 시제는, 나무와 달입니다."

"시작하라!"

종이 울렸고, 동시에 향에 불이 붙었다. 일각 동안 타는 향으로 시간을 재는 것.

잠시 후, 일각이 되었다.

댕-!

종소리와 함께 참가자들은 종이에서 손을 떼고는 종이를 보조 진행자에게 제출했다.

보조 진행자는 위에 적은 요청사항을 슥 보았다.

참가자는 자신의 시를 읽어 줄 자를 고를 수 있었기 때문이다.

시문 도둑 〈215〉

사람을 정하지는 못하고 성별과 연령대를 정할 수 있다.

시라는 것은 낭독하는 이에 따라서 분위기가 달라질 수 있고, 제법 중요하니까.

시 낭독이 끝나고, 심사위원들의 심사가 이어졌다.

이 자리는 황제를 비롯한 황실의 이들이 배석한 자리이다.

그렇기에 심사를 하는 이들은 감히 사사로이 점수를 매길 수가 없었다.

사사로이 점수를 주고 싶어도 누가 누군지 모르는데 그게 가능하지도 않고 말이다.

그렇게 시문경연이 이어지고 있는 가운데, 드디어 추일공의 순서가 되었다.

그는 도살장에 끌려가는 소의 심정으로 단상으로 올라갔고, 정해진 자리에 섰다.

그를 알아본 관객들은 웅성거렸다.

"오! 미시객(美詩客)도 출전한 거야?"

"미시객의 시를 직접 듣게 되다니! 이거 영광이군!"

추일공에게는 아름다운 시를 짓는다고 하여 미시객이라는 명호가 붙었고, 점점 유명해지고 있었다.

그렇기에 사람들의 관심은 더욱 커졌고, 곧 그의 아름다운 시를 들을 수 있을 거라는 기대감이 커졌다.

추일공은 관중들을 바라보았다.

입이 바짝바짝 말라왔다.

그를 대신하여 이 경연에 참가신청서를 낸 빌어먹을 친우가 저 멀리서 손을 흔들며 응원했다.

"자네는 할 수 있네! 자네의 이름을 만방에 떨치게나! 하하하!"

추일공은 입술을 꽉 깨물었다.

'제발 닥치라고!'

저 친우를 한 대 치고만 싶은 심정이었다.

그런 추일공의 마음과는 상관없이, 시문경연이 시작되었다.

"이번 시제는……."

황제가 고른 시제를 진행자가 말했다.

"바람과 눈입니다."

댕!

종이 울렸다.

추일공은 종이를 보며 머리를 굴렸다.

'가만있자…… 그 녀석의 시 중에서, 바람과 눈을 시제로 한 시가 뭐가 있었지?'

.

.

.

추일공은 국자감 학록과 학정을 거쳐 조교를 하다가 지방관으로 발령을 받았다.

하여 한 주의 지주까지 올라갔지만, 결국 뇌물에 대한 욕심이 그의 발목을 잡았다.

황제가 뇌물을 다 토해 놓으라는 황명을 내린 것.

하지만 그는 자신이 받아먹었던 뇌물의 삼분지 이 정도만 토해 놓고 사직해 버렸다.

하지만 그 정도로도 떵떵거리며 사는 데는 문제가 없었다.

'아무리 생각해도 난 너무 똑똑하단 말이지.'

과거시험을 볼 때도 슬쩍 다른 이의 답안을 보고 베낀 덕분에 합격할 수 있었다.

그리고 인사발령에 대한 이야기가 나올 때 윗사람에게 슬쩍 비싼 술을 선물하여 수월하게 승진해 나갈 수 있었다.

그러다가 그게 문제가 되자 얼른 지방관으로 떠나 버렸고, 이번에도 자신이 먹고 살 것은 남겨 놓고 사직했으니까.

퇴직하는 데 미련은 없었다.

어차피 관직에 나아갔던 건 재물을 한몫 챙기기 위한 것이었으니까.

'세상은 나 추일공처럼 살아야지.'

하지만 막상 관직에서 물러나니 조금 아쉬운 게 생겼다. 자신을 알아주는 이가 없다는 것.

원래 퇴직한 후에는 자신을 칭송하는 이들 사이에 둘러싸여 유유자적 지내야 하는 법.

물론 이에 대해서도 계획해 둔 바가 있었다.

바로 시문으로 유명해지는 것.

'전에 후배였던 유소악 그 녀석의 시문이 쓸 만했는데 말이지.'

그 재능이 너무 빛나서 질투가 났기에 그 재주를 깎아내린 게 아니다.

처음부터 그의 시문을 훔칠 마음으로 그리했는데……

그때부터 이미 퇴직했을 때의 계획도 다 있던 것이다.

유소악의 시문의 가치를 알아본 누군가가 있던 것인지 유소악의 시문집이 세상에 나왔다.

그리고 자신의 예상대로 엄청난 반응을 얻었다.

지금 생각해도 그건 정말 아까운 일이었다.

'그 명성은 내가 얻었어야 하는데! 크흐! 지금 생각해도 너무 아깝단 말이야.'

하지만 아까워만 하고 있을 수는 없기에, 다른 누군가를 열심히 찾았다.

그의 머리가 나쁜 편은 아니었지만, 그게 다른 쪽으로 특화되어 있다는 게 문제였다.

그래서 이리저리 미꾸라지처럼 이득이 되는 것만 취하면서 살아왔다.

하여 그를 잘 아는 이들에게는 미꾸라지를 의미하는 '추어(鰌魚)'라고 불리었다.

물론 추일공은 남들이 그리 부르든 말든 상관하지 않았지만.

아무튼, 그런 쪽으로만 머리를 굴려서인지 추일공의 문학적 재능은 형편없었다.

그럼에도 국자감에서 일할 수 있던 것은 순전히 윗사람들에게 잘 보이는 능력과 교묘하게 후배들을 착취하는 능력 때문이었다.

그럼에도 그가 시인으로 유명해지려고 하는 건 이유가 있었다.

그만큼 시인은 높은 대접을 받았기 때문이다.

오죽하면 시를 잘 짓는 자에게 시성(詩聖)이라는 칭호를 주겠는가?

그렇게 먹잇감을 찾아 헤매던 그는 결국 보물을 발견하는 데 성공했다.

"무척 시를 잘 짓는 자를 만났습니다. 한번 만나 보시겠습니까?"

누군가의 제안으로 만난 송록이라는 자의 시문을 듣는 순간 온몸에 소름이 돋았다.

희열이 느껴졌다.

'바로 이놈이다!'

하여 그를 구슬려 수많은 시를 짓게 했고, 그 시 중에서도 좋은 것만 모아 자신의 이름으로 세상에 발표한 것이다.

당연히 송록은 항의했지만, 그는 콧방귀도 뀌지 않았다.

누가 그의 말을 들어 주겠는가?

세상은 그럴듯해 보이는 자의 말에 신빙성을 가지는 법

이니까.

'원래 진실은 보이는 것에 가려지는 법이지. 흐흐흐.'

자꾸 귀찮게 하면 슥 해 버리면 되는 일.

그렇게 날로 더해지는 칭송을 즐기며 살던 어느 날, 그에게 날벼락이 떨어졌다.

그건 바로…… 이 빌어먹을 시문 경연이다.

아무튼, 이왕 닥친 일이다.

지금까지 그래 왔던 것처럼 머리를 굴리면 어찌어찌 넘어갈 수 있을 터.

이번 시문경연을 피할 수 없다는 것을 깨달은 그는 나름대로 대비책을 마련했다.

송록이 지은 수많은 시들을 몽땅 외워서 그걸 적어 내는 것.

추일공은 그 시 중에 하나를 슥슥 적어서 제출했다.

그리고 대독자가 시를 읽기 시작했다.

"바람의 노래가 내 마음에 스며드니……."

그 시에 추일공은 고개를 갸웃했다.

'어? 어딘가 낯익은…….'

그리고 그 시를 들은 관중들은 감탄했다.

"정말 아름다운 시문이로군!"

"역시 미시객 추일공 시인이야!"

"이렇게 아름다운 시라니……."
아니다.
그건 추일공이 적어 낸 시가 아니었다.
그렇게 두 번째까지 끝나고, 세 번째로 추일공이 제출한 시문이 대독되었다.
"음?"
그리고 관중들은 모두 시문에 관심이 있는 이들이니만큼 금방 뭔가 이상하다는 것을 알아차렸다.
"어딘가 비슷한데?"
"그러게……."
"혹시 미시객의 시를 흉내 내는 건가?"
"맞아, 확실히 이전의 시가 더 완성된 느낌이었어."
"지금 이 시는 흉내 낸 건가?"
"허! 진짜?"
"와! 엄청 뻔뻔하다! 어떻게 이곳에서 미시객의 시를 흉내 내냐?"
첫 번째 시가 미시객의 시라고 오인하는 이들.
'지금 읽은 것이 내가 낸 시인데…….'
추일공은 뭔가 자신의 마음대로 풀리지 않을 것 같다는 예감이 들었다.

* * *

나는 웅성거리는 관중들을 보며 미소 지었다.

좋아, 내 계획대로 되어 가고 있군.

관중들의 이런 반응은 예상하고 있었다. 추일공이 어떤 방법을 생각할지 뻔하니까.

송록 시인의 시를 이용해서 명성을 쌓았던 그였다. 그러니 송록 시인의 시를 달달 외워 왔겠지.

송록 시인도 자신이 추일공의 집에 머물면서 그만큼 많은 양의 시를 썼다고 하니까.

하지만 여기서 추일공이 미처 생각하지 못한 게 있다.

송록 시인 본인이 시문경연에 참가했다는 것이다.

이 시문경연의 참가비가 제법 비싸거든.

집안에 여유가 있거나 관리인 이들이라면 어렵지 않게 낼 수 있지만, 송록 시인 정도로 가난한 이들에게는 버거운 금액이다.

참가비의 액수에 대해 이런저런 말이 나왔지만, 결국 그대로 진행되었다.

그 정도 기준은 있어야 어중이떠중이를 걸러낼 수 있으니까.

정말 재능이 있다면 후원자를 구하는 게 어렵지도 않을 테고.

궁하면 통하는 법이다.

그리고 추일공이 미처 생각하지 못한 두 번째는, 송록 시인의 열정이다.

"제가 추일공 그자의 집에 머물면서 쓴 시가 엄청납니다. 하루에 백 편 이상은 썼으니 말입니다."
"며칠이나 머무셨기에?"
"한 보름 정도 머물렀습니다."
"……."
"그때 제 시문의 기초를 잡을 수 있었습니다."

그 말은 즉, 추일공의 손에 있는 송록 시인의 시 대부분이 완성되지 않은 초창기 작품이라는 거다.
그리고 복수를 위해서 송록 시인은 종일 시문을 갈고 닦았고, 그 열정은 그의 시문에 완벽을 더한 것이다.

심사위원들의 심사가 이어졌다.
"음, 이 시문은……."
"허허! 어디서 이런 인재가……."
"그런데 이 시문은 뭔가 아류 느낌이 나는구려……."
"아류라고 해도 이 정도로 흉내 낼 수 있다는 것도 재주이긴 한데……."
그들도 뭔가 석연찮은 표정이었다.
그래도 정해진 규칙은, 시문 자체로 평가하고 네 명 중 두 명을 떨어트리는 거다.
그렇게 송록 시인과 추일공은 일 차 경연을 통과했다.
다음 경연이 이어졌다.

* * *

어느덧 날이 저물었고, 추일공은 가슴을 쓸어내렸다.
삼 차까지 이어진 오늘의 경연에서 살아남을 수 있었기 때문이다.
"이야! 역시 명불허전이야!"
"그러니까!"
친우들의 칭찬에 추일공은 어색하게 웃었다.
"하하하, 이 사람들이! 내 실력을 뭐라고 생각한 건가? 이깟 경연은 어린아이 장난이지!"
"그럼 그럼!"
추일공 대신 시문경연에 접수한 친우가 말했다.
"자네의 그 실력을 만천하에 알릴 수 있다니! 자네 대신에 참가 접수하길 잘했다니까!"
추일공은 그 친우를 보며 속으로 분노를 삼켰다.
'어휴, 저 친구만 아니었다면……!'
하지만 그런 속내를 드러낼 수는 없기에, 그저 어색한 웃음을 유지했다.
"오늘 어떤가? 내가 한 턱 내지!"
"좋지!"
"금월루 어떤가? 이번에 새로 들어온 기녀가 그렇게 예쁘다는데."
친우들의 말에 추일공은 고개를 저었다.
"미안하지만 나는 이만 돌아가겠네. 오늘 시를 너무 많이 지어서 그런가 뭔가 마음을 추스를 시간이 필요하군."
"하긴, 시인들이 원래 예민하긴 하지."
"오늘 경연을 치르느라 많이 피곤하긴 하겠군."
"그럼 들어가서 쉬게나."
 그렇게 추일공은 자신의 집으로 향했지만, 그의 발걸음이 진짜 향한 곳은 집이 아니었다.
"여긴 오랜만에 오는군."
 그곳은 일종의 '해결사'가 있는 곳이다.
 예전에 관직에 있을 때 우연히 이곳에 대해 알게 되었고, 그 후로 몇 번 도움을 받은 적이 있었다.
 살인부터 시작하여 그 어떤 일이든, 돈만 주면 해 주는 이들이니까.
 이번에도 그자의 도움이 필요했다.
 그는 객잔의 뒷문으로 향했고, 문을 두들겼다.
 똑똑.
 그러자 문 위쪽에 달린 작은 문이 열리고 목소리가 들려왔다.
"뭐 사러 왔수?"
"술 석 잔과 꿩 네 마리."
"술 한 잔이 모자라는데?"
"그건 그쪽이 이미 마시지 않았소?"
 그 문답이 끝나자, 잠시 후 다른 목소리가 들려왔다.
"의뢰 내용은?"
"목숨을 취해 줘야겠네."

"내가 취해야 할 목숨은 누구지?"

"송록이라는 자. 글공부를 하는 평범한 사람이네."

추일공의 눈이 음험하게 빛났다. 오늘 경연이 끝날 때쯤에 결국 추일공은 알게 되었다.

송록이라는 자가 경연에 참가했음을.

"그렇다면 의뢰금은 은자 스무 냥."

"하나 더, 오늘 밤에 죽여야 하네."

"추가금이 있다. 은자 다섯 냥."

"……알겠네. 의뢰하도록 하지."

그 돈을 생각하니 속이 쓰렸다. 은자 스물다섯 냥이면 괜찮은 초가집이 두 채다.

'내가 그 돈을 벌려고 얼마나 고생했는데!'

하지만 어쩔 수 없다.

자칫했다가는 자신의 모든 것을 잃어버릴 수도 있는 일이니까.

자신이 송록의 시를 훔쳤다는 게 만천하에 드러난다면…….

'생각만 해도 끔찍하군.'

그러니 이렇게라도 후환을 없애야 했다.

진즉에 죽여서 입을 막지 않은 것이 문득 후회가 되었다.

다시금 문 안쪽에서 목소리가 들렸다.

"의뢰가 해결되면 보름 안에 은자 스물다섯 냥을 가지고 오도록. 알다시피 의뢰비를 떼먹으면 자네의 목숨을 대신 취할 터이니."

"……염려하지 않아도 되네."

추일공은 주변을 슥슥 둘러보았고, 그 자리를 떴다.

* * *

드디어 첫 번째 날의 경연이 끝났다.

적잖은 참가비와 짧은 신청기간에도 불구하고, 생각보다 신청자들이 많아서 사흘 동안 경연이 진행된다.

그 말은 즉, 참가비로 제법 많은 돈이 들어왔다는 의미이기도 했다.

그래서 황제가 아주 기뻐했지.

황궁의 재산은 대충 크게 세 갈래로 나누어졌다.

가장 많은 비중을 차지하는 건 나라 살림살이에 쓰이는 돈이다.

그리고 나머지는 황실의 재산과 종친의 재산이다.

종친의 재산은 황족들이 일하지 않아도 먹고 살 수 있도록 한몫 떼어 준 것이다.

그리고 종친의 재산은 국법상 백 년이 지나면 반납이다. 백 년이 넘으면 그땐 황족이 아니라는 거지.

사실 황족에게 재산을 떼어 주는 건 딴 마음 먹지 말라는 의미가 컸다.

적당히 잘 먹고 잘 살 수 있게 해 줄 테니, 괜히 반란을 일으키거나 나라를 혼란스럽게 하지 말라는 거다.

하지만 내가 봐도 탐욕스러운 이들에게는 먹힐 리가 없는 조치다.

땅 조금 주고 "조용히 살아라." 하는 건 좀 그렇잖아. 일이 잘 풀리면 이 제국의 모든 땅이 자신의 것이 되는데 말이다.

그런데 황제는 내 생각보다 훨씬 대단하신 분이셨다.

종친의 재산을 전부 싹 거두었고, 대신 한 달에 한 번 일정 금액을 주는 것으로 합의하신 거다.

"내가 준 돈을 모아서 땅을 사든 뭘 하든 상관하지는 않으마."라고 하시면서 말이다.

하지만 돈을 벌어 본 적 없고 펑펑 쓰기만 하던 이들이 돈을 모을 수 있을 리가 없다.

결국 황제가 주는 돈에 기댈 수밖에 없고, 당연히 황제의 눈치를 보며 설설 기게 된다.

진짜 무서우신 분이라니까.

물론 황제가 그렇게 강경한 조치를 취할 수 있는 건, 황제의 재산이 넉넉하기 때문이다.

그러니까 황실의 재산 말이다.

황실의 재산이 없으면 나라살림에 쓰이는 돈에서 추가로 예산을 편성해야 했다.

그러다 보면 자연히 신하들의 눈치를 보게 된다.

하지만 황제의 재산은 진짜 많단 말이지.

그러니 신하들 눈치를 볼 필요도 없고, 종친들이 말을 잘 들으면 큰돈을 턱턱 안겨 주는데 종친들 입장에서는 황제의 말을 잘 들어야 이득인 거다.

 지금 나는 내 임시 거처에 있다.
 아무리 시문 경연으로 인해 바쁘다고 해도 황궁 무공을 배우는 일을 소홀히 할 수는 없으니까.
 "가르침에 감사드립니다."
 "내 생각보다 훨씬 진도가 빠르군. 이래서 천하의 영재를 가르치는 것이 스승의 즐거움이라고 하는 거군."
 진영 대협의 말에 나는 부드럽게 겸양했다.
 "과찬이십니다."
 그때 진유 무사가 나에게 다가왔다.
 음?
 나는 혹시나 해서 진유 무사에게 추일공의 감시를 부탁했다.
 그런데 이렇게 찾아왔다는 건 뭔가 일이 생겼다는 거겠군.
 "저, 송구합니다. 매우 급한 일이라……."
 진영 대협이 씨익 웃고는 몸을 돌렸다.
 "일이 바쁜가 보군. 그럼 나는 이만 물러가겠네."
 "살펴 가십시오."
 진영 대협이 저 멀리 사라지는 것을 보고서야 진유 무사에게 물었다.
 "무슨 일인가요?"
 "추일공 그자가, 송록 시인에 대한 살인을 청부했습니다."
 "하아……."

진짜 가지가지 하네.

나는 멀어져 가는 진영 대협을 보았다.

추일공이 살인청부를 했다는 건 그다지 놀랍지 않았다. 송록 시인이 경연에 참석했다는 것을 알게 된 추일공이 송록 시인을 해칠 가능성도 염두에 두었으니까.

하여 현재, 송록 시인과 그 가족들은 이곳 임시 거처에서 머물고 있다.

은풍대의 무사들도 이곳에 상주하고 있으니 충분히 보호가 될 터.

송록 시인의 부인은 하루 종일 삯바느질하면서 지내고 있었는데, 그걸 보자 이번 일이 끝나고 송록 시인을 더 빡세게 굴려야겠다는 생각이 들었다.

내가 놀란 것은 다른 부분이었다.

황궁 근처에서 살인청부업을 하는 자들이 있다니.

하긴, 아무리 금군이나 금의위, 동창이 있다고 한들 모든 이들을 통제할 수는 없는 노릇이니까.

그렇다면 이 김에……

"진영 대협!"

나는 진영 대협을 부르며 뛰어갔다.

"음? 왜 부르는가?"

"저와 일 하나 하시죠."

.
.
.

그날 밤.

나는 송록 시인과 함께 저잣거리를 걷고 있었다.

"오늘 수고 많으셨습니다."

"아닙니다."

"그래서, 기분이 어떠셨습니까? 사람들이 송 시인께서 지은 시를 듣고 칭송하던데 말입니다."

내 말에 송록 시인은 뒷목을 긁적였다.

"조…… 좋았습니다."

그의 얼굴이 붉어졌다.

"사람들의 인정이라는 것이 이렇게 기분이 좋은 것인지 몰랐습니다. 왠지 그자가 그리한 것이 이해되기도 하고요."

"그건 아닙니다."

"네?"

"남의 시문을 훔친 건 엄연한 범죄입니다. 범죄자를 이해하다니! 사람이 너무 좋은 거 아닙니까?"

"아, 그, 그렇게 되나요?"

"그래서, 지금도 죽고 싶으십니까?"

내 물음에 그는 움찔하더니 고개를 돌렸다.

"그, 그땐, 제가 어리석었습니다."

순순히 잘못을 인정하는 모습에 나는 피식 웃었다.

내가 이렇게 송록 시인을 데리고 저자로 나온 건 몇 가지 이유가 있지만, 우선 암살자를 유인하기 위해서였다.

추일공은 하루라도 빨리 송록 시인을 암살하고 싶을 테

니까.
 그리고 지금 송록 시인은 자신이 청부살인의 대상이 되었다는 것은 모른다.
 앞으로의 경연을 위해 좋은 문방사우를 마련해 주겠다고 데리고 나온 거니까.
 "이 벼루 정도면 괜찮은 것 같은데, 어떻습니까?"
 "저야 감지덕지입니다."
 "붓은 족제비 털로 만든 붓이 좋을 듯하군요."
 세빈상단의 상점에서 벼루와 붓 등을 구입하고 임시 거처로 발을 옮겼다.
 - 조심하십시오. 놈이 접근했습니다.
 진유 무사의 전음이 들렸다.
 드디어 왔군.
 기감을 끌어 올린 채 걷다 보니 살기가 느껴졌다.
 그리고,
 슉!
 송록 시인을 향해 날아오는 비수 한 자루.
 주변에 사람이 없었다면 직접 달려들었겠지만, 나를 비롯해 여러 사람이 옆에 있기에 비수를 던진 듯했다.
 비수는 정확하게 송록 시인의 목을 향해 날아왔다.
 탁!
 하지만 그 비수는 방패에 막혔다. 내 호위인 척 따라왔던 금의위 대협이 들고 있던 방패였다.
 검은색 작은 방패는 팔에 장착하는 형태였는데, 간단한

조작으로 순식간에 방패의 형태가 되는 거다.

그리고 그 방패는 금의위의 상징이기도 했다.

하여 자신이 금의위인 것을 밝힐 때 사용하기도 하는데, 지금은 일부러 그걸 보인 것이기도 했다.

"추일공 시인의 협조 덕분에 이 북경의 암살자들을 소탕할 수 있겠군요!"

나는 일부러 큰 소리로 외쳤다.

"암살자들이다! 쫓아라!"

진영 대협이 다른 금의위 대협들을 데리고 그 뒤를 쫓기 시작했다.

금의위 대협들은 저 암살자를 쫓다가 일부러 놓칠 예정이다.

저 암살자는 북경의 암살자를 일망타진할 수 있는 일종의 실마리가 될 자이니까.

그리고 이 정도 거리라면 저 암살자는 내가 한 말을 들었을 터.

추일공 시인이 협조했다는 말.

북경에 머물고 있다는 건 그만큼 자신의 업에 대해 자부심을 가지고 있다는 의미임과 동시에 자존심이 강하다는 의미기도 하다.

그런 자가 이렇게 물을 먹었는데 가만히 있을까? 분명 추일공을 찾아갈 거다.

나는 그런 놈들의 방식을 안다. 그런 놈들은 "너, 죽어!"라고 다짜고짜 칼을 휘두르지 않는다.

서서히 말려 죽이지.

악질이지. 아주.

그 대상이 추일공이라서 뭐, 상관은 없다.

하루하루 피가 마를 테지만, 자업자득이니까.

그래도 죽지는 않게 해 줄 생각이다. 죽어 버리면 죗값을 치르지 못하잖아.

나는 고개를 숙여 바닥에 넘어져 있는 송록을 보았다.

"괜찮으십니까?"

"바, 바, 방금, 방금 뭡니까?"

"아, 이거 말입니까?"

나는 아까 방패에 맞고 튕겨 나간 비수를 들어 보이며 건조한 목소리로 대답했다.

"방금, 송 시인을 죽이기 위해 암살자가 왔다 갔다는 증거입니다."

"아, 아, 암살, 저를, 그러니까 저를 말입니까?"

"네."

"왜 저를, 제가 뭐 원한을 맺은 것도 없고……."

많이 놀랐는지 어버버거리는 그에게 나는 설명했다.

"저도 방금 들었습니다. 추일공이라는 자가 송 시인에 대한 암살을 의뢰했다고 하더군요."

"네?"

그는 고개를 갸웃했다.

"하지만 소단주께서는 방금 추일공 시인의 협조라고 하지 않으셨습니까?"

"그거 말입니까?"

나는 피식 웃고는 몸을 숙여 작게 속삭였다.

"뻥입니다."

"네?"

"거짓말이라고요. 암살자들에게 혼선을 주기 위해서요. 그리고 이렇게 해야 함정인 줄 알고 송 시인을 다시금 노리는 일이 없을 테니까요."

"아······."

나는 그에게 손을 내밀었다.

"일어나십시오. 바닥이 찹니다."

"아, 네······."

그는 자리에서 일어났고, 나는 그의 옷의 흙을 털어 주었다.

"괜찮으십니까?"

"아, 네."

말로는 괜찮다고 하지만, 얼굴은 여전히 핼쑥하다.

정말 많이 놀랐나 보네.

하긴 일반인이라면 이게 정상적인 반응이다.

"크게 심호흡을 몇 번 하시면 좀 진정이 되실 겁니다."

내 말에 송록 시인은 몇 번이나 심호흡했다.

그리고 조금 놀람이 가라앉았는지 내게 물었다.

"그러니까, 추일공 그자가 저를 죽이기 위해 암살 의뢰를 했다고요?"

"네."

나는 말을 이었다.

"오늘 보셨잖습니까? 자세한 사정을 모르는 이들에게는 송 시인의 시가 추일공의 시로 들렸다는 것 말입니다. 그러니 나중에 사실이 들통 나서 망신당하기 전에 송 시인을 죽여서……."

"이번에도 시를 뺏으려 했다는 거군요."

조금 진정했던 그의 눈에 독기가 차오르기 시작했다.

이렇게 송록 시인을 데리고 와서 암살자에게 노출시킨 건 이걸 위해서이기도 했다.

이번 일이 끝나고 송 시인을 제대로 굴리려고 해도 조금 애매했다.

워낙 독기가 없었기 때문이다.

그 말은 다르게 말하면 사람이 좋다는 의미이고, 사람이 좋아서는 식구들을 고생시키기 딱 좋다.

그리고 이번 일은 송록 시인의 개인적인 복수의 시간이기도 하다.

그렇게 당했으면 독기를 품기 마련인데, 여전히 사람이 좋기만 하다.

자진하려고 했던 것만 봐도 그 성품을 알 수 있다.

솔직히 내가 싫어하는 성격이다. 자진하긴 왜 자진해? 그거 고민할 시간에 복수를 위해 칼을 갈아야지.

아무튼, 그래서는 제대로 복수하기가 힘들다.

분명 최종 경연에서 그와 맞설 가능성이 큰데, 그때 그의 기세에 눌린다면 제 기량을 보이지 못할 테니까.

그래서 조금 차갑게 물었다.

"그래서, 어떻습니까? 아직도 죽고 싶으십니까?"

조금 전에는 움찔거리면서 본인이 어리석었다고 했던 그였다.

하지만 이제 독기를 품었는지 목소리부터 달라졌다.

"그 새끼, 사회적으로 매장시켜 버리기 전에는 절대 못 죽습니다."

만족스러운 대답이다.

* * *

황실 주최 시문경연의 둘째 날이 밝았다.

추일공이 경연장에 도착하자, 친우들이 그를 응원해 주었다.

"오늘도 자네의 이름이 높아졌으면 하네! 하하하!"

"자네의 우승은 이미 따 놓은 사과나 다름없지!"

"응원하겠네."

그런데 친우들은 오늘따라 추일공이 좀 이상하다는 것을 알아차렸다.

"그런데 왜 그러나?"

"응?"

"오늘따라 불안해하는 것 같아서 말이지."

그 말에 추일공은 어색하게 웃으며 말했다.

"부, 불안하긴, 그런 일 없네. 하하하."

하지만 그의 등과 이마에서는 식은땀이 흐르고 있었다.

오늘 아침.

자고 일어났더니 그의 머리 옆에 비수가 박혀 있었다.

그리고 비수에는 종이 하나가 함께 꿰뚫려 있었는데 그곳에는 [나를 속인 대가는 죽음이다]라고 적혀 있었다.

대체 무슨 일인지 알 수가 없었다.

'설마 나를 죽이라고 청부를 한 건가? 빌어먹을!'

자신을 죽이라고 누가 의뢰한 건지 고민했지만, 자신이 속인 자들이 워낙 많으니 도통 알 수가 없었다.

경연이 시작되었다.

한 조, 두 조 올라가 자신의 기량을 뽐냈고, 네 명 중 두 명이 탈락했다.

그때였다.

"이번 시제는 거울, 그리고 꽃입니다."

시제가 발표되고, 일각의 시간이 지난 후 대독자들이 시를 대독하기 시작했다.

"님이 남기고 간 거울은……."

그 시를 듣는 순간 추일공의 눈은 부릅떠졌다.

그가 암살을 의뢰했던 송록의 시라는 것을 알 수 있었으니까.

'살아 있다고? 젠장! 그 해결사, 영 몹쓸 것들이군!'

송록의 시를 들으며 관중들은 감탄했다.

"오! 역시 미시객이야!"
"이렇게 아름다운 시라니!"
"오늘따라 시의 아름다움이 한층 더 물이 올랐군."
그리고…….
참가자 대기석에서 시인들이 자신을 바라보고 있었다.
그 눈빛에는 의문이 담겨 있었다.
지금 대독되고 있는 저 시는, 분명 미시객 추일공의 시인데 어찌하여 추일공 본인이 이곳에 있냐고.
그럼 이 시는 누구의 시냐고.
그렇게 묻고 있었다.
어제는 우연인지 송록과 추일공이 동시에 단상에 올라갔기에 상황을 몰랐지만, 오늘은 상황이 그리되지 않았으니 시인들이 의문을 가지는 것이다.
하여 추일공은 자신도 모르게 변명하고 말았다.
"누군지 모르겠지만, 저를 많이 동경하나 봅니다."
"……."
그러나 저들의 의문은 해소되지 못했고, 그 의혹은 점점 덩치를 불려 가기 시작했다.

* * *

그렇게 시문경연의 두 번째 날이 끝났다.
당연히 송록 시인은 연승을 이어 갔고, 추일공 역시 그날도 살아남았다.

송 시인의 말에 의하면 추일공이 제출한 시들은 전부 자신이 지은 시라고 했다.

"대충 시제만 살짝 바꾼 것도 있었습니다."

그나저나 추일공이 경연이 이루어지는 단상 위에 올라가지 않았음에도 그의 시와 흡사한, 아니 더 뛰어난 시를 누군가 지은 것에 대해 의문을 품은 이들이 생기기 시작했다.

내 계획대로다.

그리고 소문은 오늘 밤, 북경의 저자에 널리 퍼지게 될 거다.

그나저나 오늘 추일공의 얼굴을 보니 좀 불안해 보이던데, 간밤에 암살자가 다녀갔나 보네.

진영 대협은 그 암살자 일당을 일망타진하기 위해 분주하게 움직이고 계셨다.

살짝 듣기로 천라지망을 펼치신다고 하던데.

황궁 무공의 추법을 응용한 천라지망이라…… 살짝 궁금하긴 하네.

"도련님."

그때, 팔갑이 조금 당황한 표정으로 들어왔다.

"무슨 일이야?"

"그 다섯 명의 무사들 말입니다요. 아무래도 탈주한 듯합니다요."

"……."

나는 잠시 말을 잃었지만, 이내 평정을 되찾았다.

"자세하게 설명해 봐."

"점심 식사까지는 했었는데, 미시(未時:13~15시)쯤부터 보이지 않았다고 합니다요."

"하하하."

웃음이 나왔다.

"와! 대단한 무사들이네. 탈주는 예상하지 못했는데 말이지."

"엥, 설마요. 도련님께서는 이 또한 예상하셨을 듯합니다요."

"그래, 뭐 아예 예상 못 한 건 아니야. 하지만 가능성이 극히 낮다고 생각했지."

나는 팔갑에게 물었다.

"그래서, 짐도 쌌대?"

내 물음에 팔갑은 고개를 끄덕였다. 그러니 탈주라고 했겠지.

나는 자리에서 일어났다.

"가자, 그 무사들의 숙소로."

"네."

잠시 후, 우리는 무사들의 숙소에 도착했다. 앞에서는 은 지부장이 황망한 표정으로 서 있었다.

"송구합니다. 제가 잘 감시해야 했는데……."

"괜찮습니다. 무사들이 작정하고 탈주하는 걸 어떻게 막겠습니까?"

"정말 송구합니다."
"괜찮습니다. 그러니 가서 일 보세요."
그리고 나는 앞의 무사에게 물었다.
"그 탈주한 무사들이 쓰던 숙소, 어딥니까?"
"아! 이쪽입니다!"
나는 그 무사가 안내해 준 곳으로 향했다. 그리고 잠시 나가 있으라고 했다.
"금령아."
"꾸이?"
"나와 봐."
내 말에 금령이 소매에서 나와 고개를 내밀었다.
"이 침구의 주인, 찾아볼래?"
"꾸이? 꾸?"
"은자 줄 거냐고? 은자 안 주면 일 안 할…… 알았어. 은자 줄게. 준다고."
"꾸이."
"은자부터 먼저 달라고? 에휴……."
언제부터 은자를 먼저 주게 된 건지.
나는 고개를 흔들며 은자를 꺼내어 내밀었고, 금령은 눈을 빛내며 그걸 날름 삼켰다.
그리고 내 소매에서 나와 침구 위에서 뒹굴뒹굴하더니 이내 팔딱 일어났다.
그리고 창문을 통해 쏜살같이 날아갔다.
내가 숫자를 약 백오십 정도 세었을 때 금령이 다시 돌아왔다.
"서우 무사님, 진유 무사님. 가서 잡아 옵시다."
"네."
"명 받들겠습니다."
나머지는 팔갑과 다른 무사들에게 맡기고 나는 금령을 따라 몸을 날렸다.
그렇게 얼마나 갔을까?
약 일각 정도 경공으로 달렸을 때 익숙한 기운이 느껴졌다.
그리고 곧 등에 봇짐을 짊어진 다섯 명의 무사들이 보였다.
누가 쫓아올까 부지런히 경공을 사용하여 달리는 이들.
가뜩이나 추일공 때문에 머리 아픈데, 무사님들까지 왜 그러십니까?
그래, 누구에게나 계획이 있기 마련이지.
한 대 맞기 전에는 말이야.
내가 기회를 줬으면 감사한 줄 알아야지.
그래도 나는 저들에게 다시 기회를 줄 거다.
두 번째 기회이니만큼 우선 한 대씩 처맞아도 할 말 없겠지.

* * *

다섯 무사는 경공을 사용하여 달리고 있었다.

달리는 내내 근육통에 시달렸지만, 쉬엄쉬엄 갈 수는 없었다.

지금 그들은 도망가는 중이었기 때문이다.

물론 그들도 안다. 본인들이 잘못했다는 건.

근무 시간에 술을 마시러 간 건 명백히 그들의 잘못이 맞았으니까.

하지만…….

"끄응! 너무 힘들어서 올라올 것 같아."

"더는 못해! 더는 못 한다고!"

이러다가 정말 죽겠구나 싶었고, 그래서 감시가 소홀해진 틈을 타서 도주를 감행한 것이다.

"그런데, 우리…… 이래도 괜찮은 거야?"

"그럼 어떻게 해?"

"본단에서 교대할 사람이 올 때까지 숨어 있다가 돌아가면, 소단주님이 뭘 더 어쩌겠어?"

"소단주님이 대주님께 말하면 중벌을 내리실 수도 있잖아!"

"야야! 그래도 그 쇳덩이 차고 기초 훈련하는 것보다는 낫지!"

"차라리 감봉을 당하고 말지!"

"맞아!"

그들은 솔직히 은서호가 명한 훈련을 한 달이나 하는 것보다 일 년 동안 감봉을 당하는 게 훨씬 낫다고 생각했다.

그만큼 힘들고 고된 일이었으니까.

지금도 근육통 때문에 욱신거리긴 하지만, 처음에 비하면 많이 나아진 것이다.

첫날에는 숙소로 돌아가는 것도 힘들었으니까.

그들도 은풍대 소속 무사인 만큼 매일 기초훈련을 한 시진씩 하기에 평소 근육을 쓸 만큼 쓴다는 이들이다.

그런 이들이 걷기도 힘들 정도로 고된 훈련이었다.

"어? 저기 누가 있는데?"

그렇게 달려가던 중 누군가가 깜짝 놀라 앞을 가리켰다.

화려한 붉은색 옷을 입은 미남자.

세상에 그 정도의 미남은 별로 없었기에 단번에 알아볼 수 있었다.

"헉!"

"허억! 소, 소단주님?"

그 순간,

퍽-!

퍼억-!

"윽!"

"으악!"

서우 무사와 진유 무사가 은서호에게 지시를 받은 대로 검집째로 그들에게 휘둘렀다.

그렇게 다섯 무사는 경공으로 인해 가속도가 붙은 상태에서 받은 충격으로 인해 땅을 데굴데굴 굴렀다.

"아이쿠!"

"으윽!"

땅을 굴러 흙투성이가 된 그들에게 은서호가 다가왔다. 그의 모습에 다섯 무사는 얼른 그 앞에 부복했다.

충격을 받기는 했지만, 본능적으로 낙법을 사용했기에 다친 곳은 없었다.

그걸 알기에 은서호가 그리 명을 내린 것이기도 하고.

"그, 그러니까……."

"이게 어찌 된 일이냐면요……."

그들은 이 상황에 대해 변명하기 위해서 필사적으로 머리를 굴렸다.

하지만 이미 은서호는 그들의 머리 꼭대기에 서 있는 인물이다.

"이대로 도주해서 숨어 있다가 본단에서 사람이 오면 그때 나타날 생각이었습니까?"

"……!"

"종일 체력훈련을 하는 것보다 일 년 동안 절반의 감봉 처분을 받는 것이 낫다고 생각하신 거군요."

"……!"

자신들의 생각이 간파당하자 그들은 깜짝 놀랐고, 온몸에 소름이 돋았다.

"그런데 말입니다."

은서호의 목소리가 살짝 바뀌었다.

"여러분들, 생각보다 멀리 오셨네요. 그리고 아직 멀쩡해 보입니다. 지금까지 달렸으면 상당히 지쳤을 텐데 말이죠."

"……."

그러고 보니 뭔가 이상하긴 했다.

제아무리 경공을 사용해서 달린다고 해도 그들의 수준으로는 한계가 있었다.

그런데 그들이 예상했던 것보다 훨씬 멀리 왔음에도 별로 지치지도 않았다.

"제가 지시한 훈련이 효과가 있다고 생각되지 않습니까?"

"……."

"무사의 노력은, 헛되지 않습니다. 그리고 저는 여러분이 비록 잘못은 했지만 그래도 은해상단의 정예로서 다시 태어나길 바랐습니다. 하여 그리 명을 내렸던 것인데…… 제가 너무 과한 것을 바란 건가요?"

울적한 표정으로 그들을 바라보는 은서호의 눈빛에 그들의 양심이 콕콕 찔리기 시작했다.

"저희 은해상단은 불과 오 년 전만 해도 백대 상단의 말석에 불과했습니다. 하지만 지금은 사십 위에 당당히 이름을 올렸습니다."

은서호는 말을 이었다.

"천하제일상단."

"……!"

"제 꿈은 바로 그것입니다. 이를 위해서는 은풍대도 많은 변화가 필요합니다. 은풍대 무사님들의 역할은 무척 중요하며 현실에 안주해서는 그 꿈을 이룰 수도, 아니 이룩한 것조차 지켜 낼 수 없기 때문입니다."

"……."

"저는 그 변화를 이끌어 낼 역할을 하실 분들로 다섯 무사님을 골랐는데…… 정녕 그 영광을 함께 하실 생각이 없으셨던 겁니까?"

그 말에 다섯 무사는 망치로 머리를 맞은 듯한 충격을 받았다.

'그저 우리를 괴롭히기 위해 그런 명을 내린 것이라고 생각했는데…….'

'그 명령에 그런 큰 뜻이 있었다니!'

'우리가 인내심이 없었구나! 소단주님의 바람에 부응하지 못하다니!'

'이러고도 은풍대의 무사냐? 이 썩은 나란 놈아.'

'하긴, 괴롭히려면 다른 방법도 있었을 텐데…… 왜 그게 괴롭히는 거라고 생각했지?'

다섯 무사는 그런 자신들이 부끄러워 미칠 것 같았다. 쥐구멍에라도 머리를 처박고 싶은 심정이었다.

* * *

나는 내 앞에 엎드려 땅에 머리를 박은 다섯 무사를 바라보았다.

"잘못했습니다. 저희가 어리석었습니다."
"용서해 주십시오."
"저희는 쓰레기였습니다. 크흑!"
"이런 저희라도 다시 한번 받아 주신다면, 충성을 다하겠습니다."
"다시 한 번만 기회를 주십시오."
그래, 이쯤 하면 말귀를 알아들었겠지.
에휴. 이게 뭔 고생이냐? 진짜!
마음 같아서는 몇 대 더 패 주고 싶었지만, 아까 서우 무사와 진유 무사가 검집째로 두들겨 팬 것으로 참기로 했다.
하지만…….
"그래도 도주한 죄가 있으니, 이에 대해서 추가적으로 징계를 내리도록 하겠습니다. 여러분을 봐주고 싶어도 그냥 넘어갔다가는 기강이 해이해질 테니까요."
"저희가 잘못한 겁니다."
"처벌을 받아들이겠습니다."
좋아. 그럼.
"앞으로 백삼십 근에서 열 근을 추가한 백사십 근을 차고 훈련을 하십시오. 그리고 그 시간 역시 추가하여 삼대 기초훈련에 각각 반 시진을 더하겠습니다."
지금쯤 백삼십 근을 차고 여섯 시진 동안 훈련하는 건 좀 익숙해졌을 테니 충분히 가능할 거다.
"그럼, 돌아갑시다."

.
.
.

그렇게 나는 다섯 무사를 데리고 돌아왔다.

"수고 많았습니다."

내 말에 서우 무사와 진유 무사가 살짝 고개를 숙이며 대답했다.

"아닙니다. 저희는 주군의 호위입니다."

"언제 어딜 가든 따르는 것이 본분입니다."

"그렇게 말해 주니, 고맙네요."

그리 말하며 나는 투덜거렸다.

"그나저나 이거 완전 보모가 따로 없네요. 에휴, 애들 달래서 데리고 오는 것도 아니고……."

내 말에 두 무사는 웃었다.

"그리 말씀하시지만, 오늘 솔직히 감탄했습니다. 그 문제 무사들을 순순히 제 발로 돌아오게 만들다니 말입니다."

"주군께서 좋은 분이라서 다행입니다."

그 말에 나는 쓰게 웃었다.

"저, 좋은 사람 아닙니다. 다른 사람을 제 목적을 위해 이용하는데, 제가 어떻게 좋은 사람입니까?"

진유 무사가 고개를 저으며 단호히 말했다.

"아닙니다. 주군께서는 좋은 사람이 맞습니다. 목적을 위해 다른 사람을 이용하는 건 모든 사람이 마찬가지입니다. 길을 가다가 앞을 막아선 사람에게 비켜 달라고 하는 것도 어떻게 보면 자신의 목적을 위해 다른 사람을 이용하는 거잖습니까?"

"하지만 그건 비약입니다."

"너무 마음 쓰시지 말라는 겁니다. 그리고 주군께서는 본인께서 그리 이용한 사람을 그냥 내버려두지 않으시잖습니까?"

서우 무사가 고개를 끄덕이며 진유 무사의 말을 받았다.

"좋은 방향으로 이끄시니까요. 그러니까 주군께서는 좋은 분이라는 겁니다."

두 무사에게 그런 위로를 듣자 뭔가 가슴 안쪽이 간질거렸다.

그래서 애꿎은 금령이의 꼬리를 만지작거렸다.

"꾸이!"

.

.

.

날이 밝았다.

황실주최 시문경연의 셋째 날이자 마지막 날이다.

어제까지의 결과로 예순네 명이 남았다.

오늘 드디어 시문경연의 우승자가 정해진다.

나는 송록 시인에게 갔다.

그는 이미 준비를 마치고 방을 나서고 있었다.

"부디, 좋은 결과가 있기를 바랄게요."

그 부인의 말에 송록 시인은 멋쩍은 표정을 지었다. 그 표정은 많은 것을 담고 있었다.

고마움, 미안함, 쑥스러움, 염치없음 등등……

송록 시인 본인도 자신의 부인을 고생시키는 것이 미안한 것이다.

때론 본인에게 능력이 없음을 한탄하기도 했겠지. 하지만 그게 시간이 길어지면서 체념이 되었고, 체념을 넘어 자포자기까지 된 것이다.

"그건 자신의 내자에게 보일 법한 표정이 아닙니다."

"네?"

나는 손으로 내 입가를 톡톡 건드리며 말했다.

"웃으셔야지요. 그리고 좋은 결과를 가지고 오겠다고 말해야죠. 시는 그렇게 잘 지으시면서 왜 이럴 때 해야 할 말은 못 하시는 겁니까?"

내 말에 송록 시인은 헛기침을 했다.

"험, 허험."

그리고 자신의 부인을 보며 말했다.

"내 다녀오겠소. 그리고 반드시 우승해서 그 영광을 당신에게 바치겠소."

"기다리겠습니다."

이제 결전의 때가 왔다. 우리는 경연장으로 향했다.

"옷이 멋지십니다."

"네? 아……"

송록 시인은 내가 선물한 옷을 입고 있다. 단순한 백색 옷이지만, 고급 비단을 사용해서 광택이 은은히 돌고 있다.

"이렇게 좋은 옷을 입어도 되는지 모르겠습니다."

"그거, 옷 아닙니다."

"네?"

"전투복입니다."

나는 말을 이었다.

"지금 송 시인께서는 추일공이라는 자와의 전투에 나서시는 겁니다. 그리고 오늘은 남들이 볼 때 그럴듯해 보여야 하거든요."

"……"

"사람들이 이르길, 겉만 보고 판단하지 말라지만 사람이 가장 먼저 보는 건 겉모습입니다. 아무리 마음이 고약해도 겉모습이 번지르르하면 칭송하는 것처럼 말입니다."

나는 미소 지었다.

"빌어먹을 세태지만, 어쩌겠습니까? 그게 사람인데 말입니다."

나는 송록 시인의 옷에 묻은 먼지를 털어 주며 말했다.

"그리고, 송 시인처럼 좋은 사람이 좋은 옷을 입는 것이 뭐가 나쁘겠습니까? 추일공 그자도 비단으로 휘감고 오는데 말입니다."

내 말에 송록 시인의 눈에 불꽃이 확 피어올랐다.

복수의 불꽃이다.
"오늘, 반드시 끝장을 볼 겁니다."
좋아, 아주 좋은 자세다.

.

.

.

잠시 후, 우리는 경연장에 도착했다.
대기 장소에는 추일공도 있었는데, 그의 얼굴은 꽤나 어두워 보였다.
눈 밑이 검은 것이 잠을 자지 못한 듯했다.
그도 그럴 것이, 자다가 암살자에 의해 목숨을 잃을 것이 무서웠겠지.
내가 매수한 추일공의 집안 하인의 말에 의하면, 자고 일어나니 베개 옆에 단검이 꽂혀 있었고 집을 나서려던 순간 그를 향해 화살이 날아오고 그랬다니까.
뭐, 자업자득이다.
그러니까 왜 살인을 청부해서는······.
그리고 송록 시인과 추일공의 시문을 들은 이들 사이에서는 점차 의혹이 번져 가고 있었다.
살해 위협만 해도 괴로운데, 그 의혹까지 더해지니 죽을 맛이겠지.
그때, 추일공이 우리를 보았는지 자리에서 일어나 다가왔다.
그 눈이 음험하게 빛나고 있었다.

어제까지는 대기 장소로 쓰이던 천막이 각각 다른 곳이었으니 직접 만날 일이 없었다.

 하지만 오늘은 이렇게 한 장소에서 만났다.

 자신에 대한 의혹이 깊어지고 있는 상황에서, 추일공이 송록 시인에게 할 말은 뻔하지.

 응원하고 격려해 줄 리는 없잖아.

 "자네…… 아무리 그래도 그렇지, 이렇게까지 나를 완벽하게 따라 하다니! 하하하! 놀랐네!"

 참 뻔뻔하다.

 그러나 나로 인해 독기를 품게 된 송록 시인도 만만치 않았다.

 "제가 당신을 따라 했다고요?"

 "누가 봐도 그건……."

 "그러면, 이거 큰일이군요."

 그는 씩 웃었다.

 "다른 이들은 모두 제 시가 진짜이고, 추 공의 시가 아류라고 하던데…… 그러면, 벌써 그 실력이 퇴보한 겁니까?"

 "윽!"

 "그럼 더 퇴보한 실력으로 수치를 당하기 전에 어서 은퇴하시길."

 "……."

 와, 송 시인도 저런 독설을 할 수 있는 사람이었구나.

 그렇게 감탄하고 있는데, 팔갑이 나를 보며 눈을 가늘

게 뜨고 있었다.

그 눈빛에 담긴 건 '대체 뭔 짓을 하신 겁니까요?'였다.

난 억울하다고.

* * *

경연이 시작되었다.

마지막 날인 오늘은 네 명이 아닌 두 명씩 올라가 진검 승부를 펼치는 방식이다.

예상했듯이 아주 치열한 접전이 이어졌다.

그리고.

열여섯 명이 남았을 때 송록과 추일공이 만나게 되었다.

이는 어찌 보면 대단한 일이었다.

아직 완성되지 않은 송록의 시를 제출하여 여기까지 올라왔다는 거니까.

그만큼 송록 시인의 시가 뛰어나다는 의미겠지.

오늘은 가림막이 없었다.

그렇기에 두 사람은 황제 앞에 예를 올렸다.

"시제를 주도록 하지."

서른두 명이 남았을 때까지만 해도 시제는 무작위로 뽑아서 제시되었다.

그리고 방금까지는 한 번에 네 개의 시제가 제시되었다.

지금은 열여섯 명이 남았고, 그 첫 번째다.
이번부터 시제 제시를 변형하기로 했다.
황제가 말했다.
"우공이산이라는 고사에 나오는 우공의 아들의 입장이 되어 시를 지어 보도록."
그 시제에 추일공은 머리가 띵해졌다.
'저놈이 쓴 시에 그런 시가 있었나?'
없었다.
역대급 난이도에, 추일공은 눈앞이 캄캄해졌다. 간밤에 한숨도 자지 못해서 그런지 머리가 무겁고 잘 돌아가지 않는 것 같기도 했다.
"어?"
정신을 차려 보니, 자신은 이미 시문을 적어서 제출한 상황이었다.
"내, 내가 뭐라고 적었더라?"
하나도 기억이 나지 않았다.
그때 자신이 적어 낸 시문을 본 보조 진행자의 얼굴이 당황으로 물든 것을 보니…….
확실했다.
자신은 ×된 거다.

* * *

보조 진행자가 진행자에게 뭐라고 말하자, 진행자는 당

혹스러운 표정을 지었다.

 무슨 일이지?

 나는 고개를 갸웃했다.

 황제가 제시한 시제가 예상 밖이었는지, 추일공은 얼굴이 새하얗게 질렸었다.

 그리고 넋이 나간 표정으로 뭔가를 끼적거리긴 했는데…….

 귀에 공력을 집중하려고 할 때, 옆에 있던 서우 무사가 말했다.

 "아무래도…… 추일공 시인이 작성한 시문에 약간 문제가 있는 듯합니다."

 "네?"

 "저 보조 진행자가 말하길, '이걸 그대로 제출해도 되는 겁니까? 황제 폐하께서 불호령을 내리실 것 같습니다.'라고 했습니다."

 나를 호위하기 위해 오감에 공력을 집중하고 있던 덕분에 그 이야기를 들은 듯했다.

 황제 역시 뭔가 이상함을 느꼈는지, 진행자에게 말했다.

 "무슨 문제라도 있는가?"

 "그, 그게……."

 "그 시문이 문제인가 보군. 내가 먼저 보도록 하지."

 이에 시립해 있던 내관이 부리나케 달려왔고, 진행자에게 그 시문이 적힌 종이를 받아 황제에게 내밀었다.

"음, 이 아버지의 뜻을 따르는 것이 효도의 시작……이라는 이건 누가 지은 시인가?"

황제의 물음에 보조 진행자가 대답했다.

"그건 송록 시인이 지은 시입니다."

"그래?"

황제는 흡족한 표정을 지으며 종이를 덮고는, 또 다른 시문이 적힌 종이를 펼쳤다.

그건 추일공이 지은 시문이다.

"……."

황제는 한참이나 그걸 들여다보더니, 어이없다는 표정을 지었다.

그리고…….

"추 시인."

"네? 네! 폐하."

"자네, 지금 나를 기만하는 건가?"

"아, 아니옵니다!"

"그럼, 이 시문은 대체 뭔가?"

그 말에 추일공은 어찌할 바를 모르고 얼른 그 앞에 엎드렸다.

"소, 소인은 절대 그런 의도가 없었습니다."

이에 황제는 내관에게 그 시문이 적힌 종이를 내밀며 말했다.

"읽어 보라."

"네. 폐하."

내관은 그 종이를 펼쳤고, 시문을 읽기 시작했다.
"우공이산인지 뭔지 왜 이따위 시제를 제시한 건지. 저 놈이 쓴 시에는 그런 거 없……."
 그 내용에 나를 비롯한 모두가 기겁했다.
 차라리 그냥 백지로 낼 것이지…….
 미친 건가? 아무리 간밤에 잠을 자지 못했다고 해도 저런 내용을 적어?
"이러고도 나를 기만하는 것이 아니다?"
"소, 소인이 죽을죄를 지었습니다!"
"다시 한번 기회를 주겠다. 제대로 적어서 내도록!"
 그렇게 추일공은 다시 한 번의 기회를 얻게 되었다. 그나저나 다시 기회를 얻었다고 해도 뭐…….
 그는 덜덜 떨며 붓을 잡았다.
 이번에는 추일공의 진짜 실력을 볼 수 있으려나?
 한편으로는 의문이 들었다.
 대체 얼마나 자신의 시문에 자신이 없기에 다른 이들의 시문을 훔친 건지.
 곧 그는 시문을 지어 올렸고, 내관이 그걸 받았다.
"읽어 보라."
"네, 폐하."
 내관이 그 시문을 읽기 시작했다.
 와…… 진짜 못 쓴다.
 이제 알겠네. 왜 시문을 훔쳤는지.
 그래도 자기 실력에 대한 객관화는 잘 되어 있는 놈이

었다고 해야 하나.

　주변에서는 관중들이 웅성거리기 시작했다.

　"방금의 시는 평소 미시객의 시풍과 전혀 다른데?"

　"왜지?"

　황제는 추일공을 잠시 응시하더니, 내관에게 명령했다.

　"지금까지 추 시인이 쓴 시들을 모두 가져와라."

　"네, 폐하."

　곧 내관은 심사를 보는 곳으로 향하더니, 그곳에 쌓인 것 중에서 추일공이 쓴 시만 쏙쏙 골라서 가지고 왔다.

　"첫 번째로 쓴 시를 읽어 보라."

　"네, 폐하."

　내관이 그 시를 읽었다.

　"바람이 차가울수록, 눈은 즐거움이 깃드니. 바람을 등지고 서서……."

　내관이 시를 다 읽자, 황제가 추일공에게 고개를 돌리며 물었다.

　"이 시는, 바람과 눈을 시제로 한 것이지. 이 시에 대해 설명하라."

　"이, 이, 시는 그러니까……."

　"……."

　"그, 그러니까, 바람이 불어 춥지만 눈…… 눈이 오는 것을 보니……."

　더듬거리며 중언부언하는 추일공.

당연한 일이다.

시라는 것은 한 문구마다 많은 의미가 함축되어 있으니까.

직접 지은 시가 아닌데, 어찌 그 의미를 제대로 알까?

그때 나와 송록의 눈이 마주쳤다.

나는 웃으며 고개를 끄덕이고는 그에게 전음을 보냈다.

- 지금이 억울함을 밝힐 수 있는 기회입니다.

내 전음에 그는 움찔했지만, 이내 고개를 가볍게 끄덕였다.

그리고 황제 앞에 절하며 말했다.

"자애로우신 황제 폐하! 아뢰옵기 황공하오나, 소인이 그 시문에 대해 설명하고자 합니다."

"그대가 말인가?"

황제는 송록 시인을 보고 고개를 갸웃하다가, 그의 발언을 허가했다.

"한번 설명해 보도록 해라."

"성은이 망극하옵니다! 그 시문은 어릴 적 눈을 가지고 놀던 그때를 회상하며 쓴 시문이옵니다. 하여 어린아이의 눈으로 눈을 봤을 때의 감정을 담아……."

송록 시인은 막힘없이 줄줄이 그 시문에 대해서 설명을 했다.

이쯤 되면 뭔가 이상하다는 것을 모두가 느낄 수 있을 터.

"그렇군. 그런데 이 시문은 추 시인이 쓴 것인데, 자네가 어찌 그리 잘 아는가?"
"아뢰옵기 황공하오나, 아니옵니다. 폐하."
"아니라?"
"그러하옵니다. 그 시문…… 제가 지은 시문이옵니다."
"뭐라?"
황제는 다섯 번이나 접어서 이름을 가린 곳을 가리키며 말했다.
"여긴 분명 추일공 시인의 이름이 적혀 있다. 그런데 이게 어째서 네가 썼다는 것이냐?"
"그것은……."
그때 추일공이 얼른 말을 가로챘다.
"화, 황제 폐하! 이 자는 사기꾼입니다. 그리고 제 시문을 흠모하여 모작한 자로서……."
추일공의 말에 나는 혀를 찼다.
지금 그 말을 믿을 자는 아무도 없는데, 그걸 본인만 모르는 듯했다.
"추일공 시인."
"네, 네. 폐하."
"닥치고 있게. 그 혓바닥을 잘라 버리기 전에."
"히끅!"
황제의 말에 추일공은 쭈그려졌다. 그리고 황제는 송록 시인에게 말했다.
"그래, 설명해 봐라."

"네, 폐하."

송록은 천천히 심호흡을 하고는 자신이 당했던 일에 대해서 설명하기 시작했다.

"……하여, 모든 것을 포기하고 자진하려 했을 때 은서호 소단주가 저를 살렸습니다. 그리고 저에게 저의 억울함을 풀 수 있는 기회를 주었습니다."

그 말에 주변에서 웅성거리는 소리가 들렸다.

"은서호 소단주라면, 그 선협미랑이 아닌가?"

"역시 선협미랑이군!"

이에 나는 얼굴이 화끈거리는 것을 느꼈다. 그러고 보니 송록 시인에게 나에 대해 말하지 말라고 일러두는 것을 잊어버렸군.

하지만 여기서 썩은 무 씹은 표정을 할 수 없으니 표정 관리를 하느라 두 뺨에 경련이 일었다.

젠장.

황제가 속으로 얼마나 웃을까?

하지만 황제는 역시 황제다. 그는 근엄한 표정을 유지하며 추일공을 불렀다.

"추일공."

"네? 네! 폐하."

이제 추일공 시인이라고도 하지 않으시는군.

"송록 시인의 말이 사실인가?"

"그, 그것이……."

"조사하면 다 나오는데, 공연히 애쓰는군."

그 말에 결국 추일공은 머리를 바닥에 박았다.
"죽여 주시옵소서!"
더 버텨 봤자 황제의 노여움만 더 산다는 것을 깨달은 것이다.
그리고, 부인해 봤자 황제의 말대로 조사하면 다 나오는데 말이지.
내가 볼 때 뭔가 여죄가 있는 것이 분명하다. 그러니 저렇게 순순히 자신의 죄를 인정하는 것일 터.
아무튼, 내 계획대로 추일공의 파렴치한 죄는 백일하에 드러나게 되었다.
"남이 지은 시를 자신이 지은 것처럼 심사위원들을 속이고 나를 농락한 죄는 결코 가볍지 않지. 금군은 들어라!"
"네!"
"저자를 하옥하라! 저자에 대한 처벌은 경연이 끝난 후에 할 터이니."
그렇게 추일공은 금군에 의해 뇌옥으로 끌려갔다.
아, 속 시원해.

·

·

·

경연이 끝났다.
내 예상대로 최종 우승은 송록 시인이 차지했다.
그리고 추일공과 붙었다가 탈락한 이들에게는 위로금

이 지급되었다.

물론, 추일공의 돈으로.

그리고 나는…….

"황제 폐하께서 보자고 하시네."

곧바로 황제를 알현하러 가야 했다.

잠시 후 나는 황제 앞에 섰고, 예를 갖추었다.

"황제 폐하를 뵙습니다. 만세 만세 만만세!"

"고개를 들라."

"성은이 망극하옵니다."

내가 고개를 들자 황제는 피식 웃었다.

"그래, 오늘 비운의 시인의 목숨을 살리고 복수할 수 있게 도운 영웅이 된 기분이 어떠하냐?"

"영웅으로 칭송받는 데 좋지 않을 자가 어디 있겠습니까?"

"그래? 아까 표정이 그리 좋아 보이지는 않던데?"

"그건…… 제 스스로를 경계하기 위함이었습니다."

나는 말을 이었다.

"저는 영웅이 아니옵니다. 그런데 세상 사람들이 저를 영웅이라 치켜세우니, 저 스스로가 진짜 영웅이라 착각할까 저어되었습니다."

"이상한 놈. 하지만, 재밌는 놈이기도 하다."

칭찬…… 이겠지?

"그래, 그리고 저 추일공이라는 자식이 이번 시문 경연의 진짜 목적이었겠지?"

나는 부인하지 않았다.

"현명하신 황제 폐하의 은혜로 정의가 바로 세워졌으니 이 어찌 아니 좋은 일이겠습니까?"

"짜식, 말은 잘해요."

황제는 그리 투덜대었다.

"그자에게는 재산 전체 몰수와, 노역형을 내렸다."

내가 전에 간언한 대로, 황제 폐하는 노역형을 적극적으로 활용하고 계셨다.

"염전에서 노역하다 보면, 자신의 잘못을 반성하겠지."

소금 유통법 이후, 소금에 관해서는 황실에서 꽉 잡고 있다.

그리고 그 노동력은 노역을 통해 충당하고 있고.

소금을 만드는 건 매우 힘들다.

지금까지 남에게 상처를 주고 소금까지 탈탈 뿌린 그에게 합당한 처벌이라 생각되었다.

이렇게 유소악 내총관을 힘들게 했던 악연이 마무리되었다.

"그건 그렇고, 네 덕분에 제법 쓸 만한 인재를 발견할 수 있었다."

"황제 폐하께 즐거움을 드릴 수 있어서, 기쁠 따름입니다."

그렇게 말하면서도 속으로 걱정했다.

설마, 송록 시인은 아니겠지?

내가 얼마나 공을 들였는데, 쏙 빼 가시는 건 상도덕이

없는 건데…….

"아, 걱정하지 마라. 송록 시인은 아니니."

"네?"

"우선, 그는 실무에는 적합하지 않은 인물이다. 두 번째로 나는 신하가 공들인 떡을 탐내는 주군이 아니다."

아무래도 첫 번째가 주된 이유 같다.

나는 그렇게 알현을 마무리하고 황궁을 나섰다.

"나오셨습니까요?"

"응."

황궁 앞에서 대기하던 팔갑이 다가왔다.

"송록 시인은?"

"지금 축하연에 참석하고 있습니다요."

"경호는?"

"여응암 무사님이 따라가셨습니다요."

오늘 축하연은 이번 경연을 후원하는 세빈상단과 우리 은해상단이 주최한 것이다.

참석하는 이들은 이번 경연의 심사위원들과 경연 준비에 도움을 준 이들, 그리고 우승자를 포함하여 여덟 명의 시인들이다.

그곳에 제갈세가의 태상가주님도 계시니만큼 위험한 일은 없겠지만, 혹시 모르는 일이니 누가 호위로 같이 갔는지 물어본 거다.

"홍은루라고 했었나? 가자."

오늘 연회의 주최자가 얼굴을 비추지 않는 건 실례니까.

잠시 후, 나는 홍은루에 도착했다.
그리고 참석한 이들 하나하나 찾아가 인사했고, 시간이 지나며 점차 분위기가 무르익었다.
나는 고개를 돌려 누각의 난간 쪽을 보았다. 그곳에 송록 시인이 서서 밖을 바라보고 있었다.
나는 그에게 다가갔다.
"바람을 쐬고 계십니까?"
"아, 네."
그는 고개를 끄덕였다.
"화로 옆에 있었더니, 술이 더 오르는 것 같아서 말입니다."
"그래서, 어떠십니까?"
"네?"
"오늘, 빼앗겼던 미시객의 이름을 되찾지 않으셨습니까."
"아……."
송록이 환한 미소를 지으며 고개를 끄덕였다.
"무척 좋습니다."
"추일공이라는 자에 대한 처벌이 확정되었습니다. 그 집안의 재산을 몰수하고 추일공 본인은 염전에서 노역을 하게 되었습니다."

"……그렇습니까?"

하지만 그의 표정은 생각보다 좋아 보이지 않았다.

"기쁘지 않으십니까? 그자가 응분의 대가를 받게 되었는데 말입니다."

"솔직히…… 좀 그렇습니다. 그 식구들은 무슨 고생인가 싶기도 하고요."

막상 복수하고 나니, 회한이 남는 모양이었다.

"신경 쓰지 마십시오. 다들 추일공 때문에 잘 먹고 잘 살았습니다. 그 식구들도 제정신이 박힌 이들이라면 먹고 살 방도는 마련해 놨을 겁니다."

추일공의 재산을 몰수한 것이지, 분가한 자식들의 재산까지 몰수한 것은 아니니까.

"저도 참 주책입니다. 이런 생각이나 하고."

"그런 생각을 하신다는 건, 좋은 사람이라는 의미이죠. 나쁜 건 아닙니다."

나는 미소 지었다.

"그나저나 저와 했던 계약, 잊지 않으셨죠?"

"물론입니다."

"이제 곧 떠날 것이니, 채비를 하십시오."

"알겠습니다."

이번에 송록 시인과 그 가족들도 동행할 예정이다.

나는 고개를 돌려 연회를 즐기는 시인들을 보았다.

몇몇은 곧 황제 폐하께 성지를 받게 될 터.

살짝 불쌍하게 보이는 건 왜일까?

물론 송록 시인은 내가 따로 굴릴 예정이다.

상단의 일을 하다 보면, 거래 상대를 살살 꼬드겨야 하는 경우가 상당히 많다.

그리고 거래의 대상은 상인으로 국한되지 않는다.

때론 지역 유지일 수도 있고, 황족일 수도 있다. 그런 이들은 대부분 시문을 좋아했다.

그러니 이번 시문경연 때 우승을 한 송록 시인을 데리고 가서 시문 몇 편 짓고 하다 보면 분위기가 한층 부드러워질 터.

그 틈을 노려 거래하는 거지.

나는 완벽한 계획을 머리에 그리며 웃었다.

그때, 주루로 다가오는 낯익은 얼굴에 나는 움찔할 수밖에 없었다.

아, 아니, 황제 폐하.

이곳에 오신다는 말은 없으셨잖습니까?

68장. 갱생전문 정인학관

갱생전문 정인학관

　나는 미복 차림으로 주루에 들어오는 황제를 당황한 표정으로 보았다.
　그렇게 들어오던 황제와 이 층 누각에 서 있던 나의 눈이 마주쳤다.
　나는 얼른 예를 갖추려 했지만, 황제는 고개를 저었다. 모른 척하라는 거다.
　황제의 주변을 보자 상당한 실력의 호위무사들이 여섯이나 따르고 있었다.
　저 정도면 안전은 신경 쓰지 않아도 될 듯했다.
　황제의 일행 모두가 미복 차림이었기에 그 누구도 그들이 황제의 일행임을 알아차리지 못했다.
　나만 빼고.
　솔직히 누가 이곳에 황제가 있다고 생각이나 하겠어?

나는 속으로 한숨을 내쉬며 송록 시인에게 고개를 돌렸다.

"송 시인께서 수결하신 계약서의 내용은 다 기억하고 계십니까?"

"물론입니다."

"그럼 그 내용 중, 품위 유지에 대한 조항도 기억하십니까?"

내 물음에 그는 고개를 끄덕였다.

"알아서 잘하시리라 믿겠습니다."

"주의하겠습니다."

"바람을 다 쐬셨으면 가셔서 연회를 즐기시지요. 송 시인을 기다리는 이들이 많습니다."

"아, 그렇군요. 그럼 저는 자리로 돌아가겠습니다."

그렇게 송 시인을 보내자, 그 대신 내가 있는 곳으로 다가온 분은 제갈세가의 태상가주님.

여전히 정정하시군.

"연회는 즐거우십니까?"

내 물음에 태상가주님은 허허 웃으며 말씀하셨다.

"덕분에 아주 즐거운 시간을 보냈고, 또 보내고 있네. 솔직히 나를 시문경연의 심사위원으로 부를 줄은 몰랐네."

"그동안 쌓아오신 명성이 있으니, 반론이 없었을 뿐입니다."

"허허, 그동안 열심히 문객들을 청한 보람이 있군."

그리고 방금 들어와 옆에 자리에 앉은 이들을 슬쩍 바라보더니 전음을 보냈다.
- 황제 폐하이신가?
어떻게 아셨지? 꽤나 잘 숨기고 오셨다고 생각했는데.
- 내가 어찌 알았는지 궁금한 모양이군.
- 네. 그렇습니다. 죽립 때문에 얼굴도 안 보이니까요.
- 생각해 보게. 북경, 그리고 황궁이 바로 코앞인 이곳에서 저렇게 고강한 경지의 무사를 대동할 만한 자가 얼마나 있는지.
- 아! 그렇군요.
나는 고개를 끄덕였다.
- 그런데, 그렇게 무사들의 경지가 고강한가요?
- 내가 볼 때 저들 중에 초절정 무사가 두 명이 있네. 그리고 안 보이는 곳에 숨어 있는 화경의 무사가 한 명이 더 있고.
"……."
초절정을 두 명이나 데리고 있는 거로도 모자라서 화경의 무사까지 호위로 부리시다니!
새삼 황제의 대단함을 알 것 같았다.
그런데 화경의 무사가 있는 것을 알아차리실 정도면…… 태상가주님 본인이 화경이라는 건데?
- 저렇게 미복 차림으로 오셔서 이곳에 자리 잡으신 것으로 보아, 아무래도 저들이 목적인 듯하구나.
제갈세가의 태상가주는 술을 주거니 받거니 하는 여덟

명의 시인들을 보며 전음을 보냈다.

나는 작게 고개를 끄덕였다.

내가 아까 예상한 대로 저들 중 몇 명은 황제 폐하의 성지를 받게 되겠지.

"그나저나 언제쯤 호북으로 돌아갈 생각인가?"

"한 사흘 뒤에 출발할 생각입니다."

"그렇구만. 나는 내일 출발할 예정이네."

"더 있다가 가시지 않고요?"

"따뜻한 게 좋네."

하긴, 복룡산이 있는 호북에 비하면 이 북경의 날씨는 무척 추운 날씨이긴 하다.

그만큼 북쪽에 있으니까.

"그러니까! 이 나라가 썩었다는 겁니다!"

그때 갑자기 큰 소리가 들렸다.

나는 깜짝 놀라 뒤를 돌아보았다. 한 시인이 자리에서 벌떡 일어나 상을 탕 치며 소리를 지른 듯했다.

황제 앞에서 저게 할 소리인가?

아…….

지금 황제가 이곳에 있다는 건 저들은 모르지…….

옆에서 송록 시인이 부드러운 목소리로 그를 달랬다.

"술이 과했네."

"솔직히 아니 그렇습니까? 지금 백성들은 곡식이 없어서 굶고 있는데, 지주들은 떵떵거리며 살고 있단 말입니다!"

비분강개한 어조로 말을 이어 가는 그를 보다가 나는 한숨을 내쉬었다.

결국, 내가 나서야겠구나.

인계성 공자가 일이 있어서 먼저 간 이상, 남은 주최자는 나뿐이니까.

나는 그곳으로 다가가며 말했다.

"그 마음은 잘 알겠습니다만, 언성을 낮춰 주시지요. 주변 분들에게 실례가 됩니다."

"지금 그게 문제인가?"

그는 나를 보며 이죽거렸다.

"하긴, 돈만 밝히는 천한 상인이니 지금 무엇이 중요한 사안인지 알지 못하는 거겠지."

이 새끼가…….

그 말에 송록을 비롯한 주변 이들이 놀라 그를 만류하였다.

"그게 무슨 소리인가?"

"어서 사과하게!"

"죄송합니다. 은 소단주. 이 사람이 술이 과해서…….."

"사과는 무슨, 내가 틀린 말을 했습니까?"

그는 나를 보며 말을 이었다.

"그리고, 지금 백성들이 굶주리는 건 당신 같은 상인들의 잘못도 크네! 돈이라면 그저 혈안이 되어서 닥치는 대로 부를 쌓으니까!"

뭐, 틀린 말은 아니다.

분명 상인 중에는 돈만 밝히는 이들도 있으니까.

그래서 가짜를 팔거나, 터무니없는 폭리를 취해서 피해를 일으키지.

그래도, 양심 있는 상인들이 훨씬 많다.

그러니까 이 제국이 멀쩡히 유지되는 것이다. 상인들이 열심히 물건을 유통하지 않는다면, 각 지역 사람들은 그 지역의 토산물밖에 못 쓰지 않을까?

상인이 없다면 강북의 이들은 평생 사탕이 뭔지도 모르고 살 터.

그리고 강남의 이들은 강북에서 생산되는 질 좋은 철기를 사용하지 못했을 거다.

그리고 아까부터 다짜고짜 하대하는데, 거슬리네?

하지만 술 취한 이에게 조언을 해 봤자 무슨 의미가 있을까.

나는 한숨을 내쉬었다.

"술이 과하신 듯하군요."

옆쪽에 있던 심사위원들이 자리에서 일어나며 내 말을 거들었다.

"이만 자리를 파하는 게 좋겠군."

"네, 그게 좋겠습니다."

나는 그들에게 고개를 숙였다.

"소란스럽게 해서 송구합니다."

"아니네, 은 소단주에게 무슨 잘못이 있겠는가?"

"선협미랑이라 불리는 자네에게 저런 소리라니……."

"맞네. 세상 물정 모르고 제멋대로 떠드는 놈이 잘못이지."

이에 그자가 버럭 소리를 질렀다.

"세상 물정을 모르다니! 누가 말입니까? 그러는 당신은 세상의 일에 눈을 돌린 위군자이지 않습니까?"

"……!"

위군자.

즉, 군자인 척하는 사람이라는 거다. 그리고 학사들에게 그 말은 엄청난 모욕이다.

후, 나는 저런 진상이 싫다.

특히, 저렇게 술에 취해 행패 부리는 자들은 답이 없다.

이성이 훅 날아가 버린 상태거든.

옆에서 황제는 흥미로운 눈으로 나를 바라보았다. 이 상황을 어떻게 처리할지 궁금하신 거겠지.

에휴.

나는 그 학사에게 대신 사과했다.

"마음 쓰지 마십시오. 술 취한 자의 망언입니다."

"험! 험험!"

"여기는 제게 맡겨 주시지요."

그렇게 말하고는 헛소리를 내뱉는 자를 보며 말했다.

"그나저나, 대협을 보며 참으로 감동했습니다. 참으로 기개가 넘치시는군요."

"하하하! 내가 좀 그렇긴 하지!"

"자자, 이 소상의 술을 한 잔 받으시지요."

나는 그를 자리에 앉히고, 술을 따라 주었다.

그는 내 칭송에 기분이 좋아졌는지, 술을 거부하지 않았다.

나는 계속 술을 따라 주면서 그의 비분에 찬 개소리를 경청해 주었다.

주변 사람들은 영문을 모르겠다는 표정으로 조용히 우리를 지켜보았다.

"아차! 제가 술을 너무 많이 드렸군요. 괜찮으십니까?"

"물론이네! 나는 제정신이네!"

"다행입니다. 그런데 말입니다, 여기서 대협이 얼마나 호탕하고 호방한지를 보여 줄 방법이 있는데, 어떻게…… 관심 있으십니까?"

"응? 그게 뭔가?"

"오늘 술값을 대협이 내시는 겁니다. 사실 술값이 얼마 나오지는 않았습니다. 그러니 오늘이 기회죠. 이런 좋은 날에 시원하게 선언하신다면 모두가 환호할 겁니다."

"그, 그런가?"

"네. 물론입니다.

나는 살살 꼬드겼고, 결국 그는 넘어갔다.

"좋네! 오늘 술값은 내가 내도록 하지!"

"정말…… 이십니까?"

"정말이지! 그럼!"

"송구합니다만, 소상은 대협의 말을 믿기 힘듭니다. 사실, 소상이 몇 번 사기를 당해서……."

"쯧쯧, 얼마나 덜떨어졌으면 사기를 당하나?"

"그래서 말인데, 서약서 한 장 써 주시겠습니까?"

"물론이지!"

팔갑은 잽싸게 지필묵을 내밀었고, 그는 멋들어진 서체로 오늘 술값을 자신이 전부 낸다고 적은 후 수결을 했다.

"아이고, 감사합니다."

나는 크게 소리를 쳤다.

"여러분! 오늘 술값은 여기 계신 임만구 대협이 내신다고 합니다!"

나는 말을 이었다.

"이 얼마나 좋은 분입니까?"

그리고 팔갑과 호위들에게 전음을 보냈다.

- 환호.

이에 그들은 크게 환호했고, 다른 이들도 눈치를 보며 환호를 보냈다.

그러자 임만구는 퍽 만족스러운 듯, 손을 살짝 들어 보였다.

그리고 자신을 치켜세우는 이들에게 술을 한 잔씩 받아 마시던 그는 결국 상에 머리를 처박고 곯아떨어졌다.

나는 씩 웃었다.

"점소이!"

"아! 네!"

내 부름에 점소이가 얼른 달려왔다.

"오늘, 이 주루에서 먹고 마신 모든 것, 저기 임만구 대협에게 달아 놓도록."

"알겠습니다."

"그리고 혹시 잡아떼면, 여기 수결한 서약서가 있으니까 은해상단 북경지부를 찾도록."

"명심하겠습니다."

그런 내게 송록 시인이 걱정스럽게 물었다.

"이, 이래도 되는 겁니까?"

"네. 됩니다."

"하지만…… 이건……."

"제가 뭐 속인 거 있습니까?"

잠시 생각하던 그는 머리를 긁적였다.

"어, 없네요."

"그럼 뭐가 문제입니까?"

그에게 위군자라고 모욕을 당했던 심사위원은 나를 보며 혀를 내둘렀다.

"이게 바로 복수라는 거군."

"제가 천한 상인이라 그런지, 아주 속이 좁고 성격도 더러워서 말입니다."

"고맙군."

"저는 그저 제 복수를 했을 뿐입니다."

그때 옆의 팔갑이 말했다.

"저, 결심했습니다요."

"뭘?"

"절대 도련님을 적으로 돌리지 않을 겁니다요."

그 말에 주변의 이들은 동감이라는 듯 고개를 끄덕였다.

오늘 술값?

내겐 얼마 되지 않는다. 하지만 과연 저기 임만구라는 자에게도 얼마 되지 않을까?

아까 말했듯이 술에 취해서 행패를 부리는 자들은 답이 없다.

이성이 날아가 버리니까.

그럴 때 그들을 다루는 방법은 간단하다.

우선 술을 더 먹여서 재워 버리고, 술에서 깼을 때 그 숙취가 훅 날아가 버릴 정도의 상황을 마주하게 하는 거다.

술에 취했다면 그런 상황을 만드는 건 아주 쉽다. 특히 저렇게 영웅 심리가 가득한 자라면 말이지.

아까 이 나라가 썩었으니, 백성이 굶고 있느니 그런 말을 했을 때부터 알아봤다.

술을 만드는 데 들어가는 쌀이 얼마인데…….

술을 마시면서 그런 소리를 하는 것 자체가 개소리다.

게다가 옷이나 신발을 보아하니 제법 사는 것 같던데, 그러면서 어려운 자들을 도운 적이 있을까?

나는 없다고 단언할 수 있다.

그렇게 말뿐인 자들은 자신의 돈을 들여 남을 도울 리

가 없거든.

그나저나 내일 아침, 임만구가 잠에서 깼을 때 어마어마한 금액의 청구서를 받으면 어떤 기분일까?

그래도 영광인 줄 알라고.

누가 황제에게 술을 사 주는 영광을 얻을 수 있겠어.

그리 생각하며 저쪽에서 술을 마시는 황제를 보았다. 황제는 나를 보며 피식 웃고 계셨다.

그러면서 홀짝홀짝 술을…….

어라? 저 술, 엄청 비싼 술인데?

.

.

.

우리는 북경을 떠날 준비를 했다.

이제 내일 아침에는 호북성으로 떠나야 한다.

그러니까 오늘이 북경으로 다시 돌아오기 전에, 황공무공을 익힐 수 있는 마지막 날인 거지.

"솔직히 자네같이 진도가 빠른 자는 처음이네."

진영 대협의 말에 나는 포권하며 말했다.

"과찬이십니다."

"아니, 진심이네."

흐뭇하게 웃던 진영 대협이 말을 이었다.

"언제쯤 다시 돌아오는가?"

"날이 풀리면 돌아오지 않을까 합니다."

"그럼 사월은 되어야겠군."

"그러지 않을까 합니다."

진영 대협은 품에서 서신 하나를 꺼내어 나에게 내밀었다.

"가다가 그 학관에 들른다면서?"

"아! 네. 그렇습니다."

"연식이에게 전해 달라고 하셨네."

겉봉에는 [아들에게]라고 적혀 있었다.

그러고 보니, 저번에 금의위 대협의 개망나니 아들 하나가 그 학관에 입관했었지.

"알겠습니다."

"그나저나, 혹시 내가 자네에게 뭔가 원수를 지거나 한 일은 없지?"

"네? 갑자기 무슨 말씀이십니까?"

"요즘 임만구라는 자에 대한 이야기가 황궁에서 가장 많이 들리는 안줏거리라네."

"아……."

"황제 폐하께서도 말씀하셨네. 자네와는 원수 짓지 말라고."

나는 웃으며 말을 이었다.

"자업자득입니다."

지금 그 술값을 갚느라 가산을 팔고 있다고 했다. 술값을 받아 내는 건 주루들의 특기거든.

그러니까 얌전히 술이나 마실 것이지.

그래도 뭐 아예 바보는 아니니, 이제 진짜 중요한 사안이 뭔지 깨달았겠지.
"아, 그런데 그 암살자들은 어찌 되었습니까?"
"싹 다 잡아들였네."
"다행입니다. 이로써 북경도 조금 더 평화로워지겠군요."
"이번에도 자네에게 빚을 졌군."
"그리 말씀하지 마십시오. 저희 사이에 그런 딱딱한 말은 필요 없다고 생각합니다."
"그리 말해 주니, 고맙네. 조심히 돌아가게나."

다음 날.
우리는 북경을 떠났다.
일행에는 송록 시인의 가족과, 본단으로 복귀하는 다섯 무사도 포함되어 있었다.
마차 안에는 화로가 있어 그리 춥지는 않았다.
그렇게 한 열흘 정도 달린 우리는 하남의 변두리에 다다랐다.
그곳의 객잔에 방을 잡고, 나와 정호 형은 호위를 거느리고 객잔을 나왔다.
그리고 한 건물 앞에 도착했다.
그 건물의 입구에는 [정인학관]이라 적힌 현판이 붙어 있었다.
이곳이 바로 갱생 전문 학관인, 정인학관이다.
그런데…….

"호오? 이게 누구냐?"

여기는 어쩐 일이십니까?

나는 눈을 깜박였다.

이곳에서 볼 거라고 예상하지 못했던 인물을 마주했기 때문이다.

바로 잡화점의 노인이다.

"아니, 어르신. 여기는 어쩐 일이십니까?"

"내 친우의 부탁을 받고 왔지."

"네?"

"이 학관의 관주가 내 친우거든."

여기 정인학관의 관주가 친우라고?

전혀 몰랐던 사실이다.

"그런데 여긴 무슨 일이냐?"

"아, 이곳에 입관한 관생의 아버지에게 서신을 부탁받았습니다. 그리고 저희 상단에서 후원도 좀 할 겸해서 왔습니다."

"후원이라. 그 녀석이 좋아하겠구나."

정호 형이 얼른 포권하여 인사했다.

"은해상단의 은정호가 어르신을 뵙습니다."

"반갑네."

정호 형의 소단주 즉위식 때 난입했던 살수를 처리해주셨던 분이 잡화점 노인이다.

그래서인지 잡화점 노인을 보는 정호 형의 눈빛에는 여전히 감사함이 담겨 있었다.

잡화점 노인은 학관 안으로 성큼성큼 들어가더니, 뒤를 돌아보셨다.

"안 오고 뭐 하냐?"

"아! 갑니다! 가요!"

나와 정호 형은 부리나케 그 뒤를 따랐다.

우리는 곧바로 접빈실로 안내되었다.

그리고 차를 대접받았는데, 그리 좋은 차는 아니었다.

하지만 기부를 받아 운영되는 학관임을 생각하면, 정성을 다해서 우리를 대접한다는 것을 알 수 있었다.

"음, 차가 입에 맞느냐?"

어르신의 물음에 나는 고개를 끄덕였다.

"마실 만합니다."

"차에 대한 네 입맛이 상당히 까다롭다고 알고 있는데 말이지?"

"차가 고급인지 저급인지가 문제겠습니까? 차에 담긴 마음이 중요한 것이지요."

내 말에 잡화점 노인은 미소를 지으셨다.

그렇게 약 일각 정도 기다리자, 접빈실에 한 노인이 들어오셨다.

잡화점 노인과 비슷한 연배로 보이는 노인이다.

"저 녀석이 이곳의 관주다."

그 말에 나는 얼른 자리에서 일어났고 나를 따라 정호 형도 자리에서 일어났다.

그리고 포권하여 예를 갖추었다.

"은해상단의 은정호가 관주님을 뵙습니다."

"은해상단의 은서호가 관주님을 뵙습니다."

우리의 인사에 그가 부드럽게 웃으시며 답하셨다.

"이곳 정인학관의 관주, 영세윤이네."

우리에게 자리를 권하셨고, 우리는 다시 자리에 앉았다.

관주님은 우선 잡화점 노인을 보며 말씀하셨다.

"그나저나 자네가 왜 여기 있나? 이들과 구면인가?"

"아아……."

그가 고개를 끄덕였다.

"내가 머무는 곳에서 유명한 이들이네."

"단순히 유명세 때문에 함께 하는 건 아닌 듯한데."

노인은 그저 웃을 뿐, 대답은 하지 않으셨다.

관주님은 우리를 보며 말씀하셨다.

"그래서, 은해상단의 두 소단주가 여기까지는 어쩐 일인가?"

역시 우리가 소단주라는 것을 알고 계셨다.

정인학관의 관주 영세윤.

그는 생각보다 무척 발이 넓은 분이다.

"우선 이 서신을 전달하고자 왔습니다."

내가 품에서 서신을 꺼내어 내밀자, 관주님은 겉봉에 적힌 것을 보고는 고개를 끄덕이셨다.

"아, 연식 관생의 아버지가 보낸 서신이군."

"네. 그걸 부탁받았습니다."

"알겠네. 전달해 주지. 그런데 이 용건만으로 여기까지 온 것인가?"

"아닙니다."

나는 고개를 저었다.

"저희 상단에서 이 학관에 후원을 하고자 합니다."

"후원이라…… 은해상단은 이미 북경에서 행화학당을 운영하고 있지 않나?"

"맞습니다."

나는 고개를 끄덕였다.

"하지만, 행화학당은 과거를 위한 곳. 이곳과는 다른 곳이지요."

"그건 그렇지."

"그리고 이곳의 학비는 무척이나 싸다고 들었습니다."

관주님의 발이 무척 넓기에 비용 대부분이 친분이 있는 이들의 후원으로 운영되고 있었다.

"적은 비용만으로 수많은 이들이 바른길로 갈 수 있게 도와주는 일에 저희 은해상단 역시 한몫 보태고 싶을 뿐입니다."

관주님은 곧바로 대답하지 않고 가만히 내 눈을 보았다.

아까와 달리 내 속을 낱낱이 파헤치는 듯 날카로운 눈빛.

"혹시, 후원을 명목으로 학관의 운영에 개입하고 싶은

건가?"

"아닙니다."

나는 확답했다.

"그리해서 저에게 득이 될 것이 뭐가 있겠습니까? 솔직히……."

나는 한숨을 내쉬었다.

"제게 운영에 끼어들라고 해도 사양하고 싶습니다. 워낙 일이 많아서 말입니다."

내 대답에 잡화점 노인이 고개를 주억거렸다.

"하긴, 그렇긴 하지."

"그런데 그렇게 물으시는 것을 보니, 이전에 후원금을 빌미로 학관 운영에 관여하려고 했던 자가 있었나 봅니다."

내 말에 관주님은 고개를 끄덕이셨다.

"물론이지. 한둘이 아니었네. 그나저나 자네의 눈을 보면 뭔가 바라는 것이 있는 건 확실한데……."

나는 멋쩍게 웃었다.

"하하하, 이거 정말 예리하시군요. 사실 원하는 게 있기는 합니다."

"그래, 이제야 얘기하는군. 원하는 게 무엇인가?"

"쓸 만한 인재를 원합니다."

내 말에 관주님은 고개를 갸웃하셨고, 나는 말을 이었다.

"이 학관에 입관하는 관생들은 비록 엇나간 이들이었

지만, 이 학관의 교육을 통해 바로잡아졌습니다. 그런 만큼 좋은 인재일 거라 생각합니다."

나는 말을 이었다.

"아니 그렇습니까?"

"물론 인재들이지! 그것만은 자부할 수 있네."

"그래서 저는 그런 쓸 만한 인재들을 공급받기 위해서 후원을 하는 겁니다."

"그거라면, 나쁘지 않은 조건이군."

나쁘지 않다 뿐일까?

관주님의 입장에서 아주 기꺼운 이야기다.

이 학관은 정인학관이지만, 갱생전문 학관이라는 이름으로 더 많이 불린다.

그만큼 문제아들의 갱생에 아주 탁월한 곳이지만, 사실 그건 많은 인내가 필요한 일이다.

또한, 교육에 대해 흔들리지 않는 철학과 신념도 필요한 일이다.

그건 무척이나 힘든 일.

이전 삶에서 관주님은 결국 이 학관의 후계자를 찾지 못하고 눈을 감으셨다.

내 입장에서 무척이나 아쉬운 일이었다.

이곳 출신은 훗날 곳곳에 퍼져 나갔고, 큰 활약을 했기 때문이다.

이곳에 대해 진작 알았다면, 이곳의 인재들을 최대한 손에 넣을 수 있었을 텐데 말이다.

이전 삶에서 은해상단을 성장시키면서 아쉬운 것들이 있었다.

바로 곳곳에 배치될 인재들.

상단주 혼자 모든 것을 할 수는 없다. 적재적소에서 상단주의 뜻에 따라 성심을 다해 능력을 발휘할 수 있는 사람.

그런 사람이 필요했다.

내 지난 삶을 떠올리면 돈을 벌어 주는 것도 사람, 돈을 잃게 하는 것도 사람이다.

그만큼 사람이 중요하다.

특히, 능력 있는 인재가 벌어다 주는 돈은 그 인건비를 상충하고도 남는다.

즉, 사람에 투자하는 건 상단의 미래에 투자하는 것이다.

나는 관주님을 보았다.

애써 당당한 척하고 계시지만, 나는 학관의 사정에 대해 알고 있다.

조금씩 후원금이 줄고 있는 것이다.

작년부터 이어지는 흉년이 문제였다.

식량값이 천정부지로 치솟으면서, 학관의 운영도 어려워지게 된 것이다.

관주님은 자신의 먹을 것까지 포기해 가며 학관 운영을 포기하지 않으셨지만, 결국 후계자를 찾지 못하고 돌아가시면서 이 학관은 문을 닫게 된다.

진짜 내 앞의 관주님처럼, 관생들에게 진심이신 분도 없을 거다.
 "사실, 녀석들이 학관을 나가면 각자 무슨 일이든 하게 될 터인데…… 그게 좀 걱정이 되기는 하네. 하지만 은해상단처럼 든든한 곳에서 일한다면 그 걱정을 덜 수 있겠지."
 "그럼, 저희 상단의 후원을 받아들이시는 겁니까?"
 "운영에 관여하지 않겠다고 수결을 해 준다면."
 꼼꼼하시군.
 "그리하겠습니다."
 그렇게 관주님과 우리는 후원에 대한 계약서를 작성하였다.
 그때 정호 형이 물었다.
 "학관을 좀 둘러봐도 되겠습니까?"
 "그렇게 하게."
 "감사합니다."
 "아, 그런데…… 한 가지 양해를 구할 것이 있네."
 관주님이 말을 이으셨다.
 "자네들도 알다시피 이 학관은 평범한 학관은 아니네. 좀 엇나간 이들이 오는 학관이지. 그래서 이곳의 교육은 평범하지 않네."
 "그렇습니까?"
 "그래서 다소 눈살을 찌푸릴 일이 있어도 양해해 주게나."

"알겠습니다."

"그리하지요."

우리의 대답에 관주는 밖을 향해 소리쳤다.

"가서, 위 조교를 데리고 오도록 해라!"

"네!"

위 조교?

잠시 후.

접빈실로 한 젊은 남자가 들어왔다. 파란색 동의를 입은 그를 본 정호 형은 두 눈을 깜박였다.

"어? 자네…… 위 소협 아닌가?"

"아!"

정말로 호북성 숭양현의 소문난 망나니였던 위승저 소협이었다.

이곳에서 조교를 한다는 소식은 들었다. 그런데 이렇게 보니, 이전의 개망나니가 아니었다.

눈동자가 매우 맑고, 행동에 절도가 있었다.

관주님이 고개를 끄덕였다.

"은해상단이 숭양현에 있으니, 구면이겠군."

"네."

위승저 소협 역시 고개를 끄덕였다.

"아는 얼굴들입니다."

"잘됐군. 위 조교는 우리 학관의 조교를 맡고 있고, 아주 든든한 인재일세. 위 조교."

"네, 관주님."

"여기 손님들에게 학관을 안내해 드리도록 하게."
"알겠습니다."
위 소협, 아니 위 조교는 우리에게 정중하게 말했다.
"저를 따라오시지요."
우리는 위 조교를 따라 접빈실을 나섰다.

* * *

은서호 일행이 접빈실에서 나간 후,
잡화점 노인 황보휘는 자신의 친우를 보았다.
"그래서, 나를 부른 이유가 뭔가?"
"그 전에…… 저 은서호라는 자와 아는 사이인가?"
그 물음에 황보휘가 눈살을 찌푸렸다.
"아까 내가 한 말은 귓등으로 들었나?"
"자네가 누군가에게 그리 호감을 가지는 건 참으로 오랜만이라 신기해서 그렇지. 자네는 기본적으로 사람에게 별로 관심이 없지 않나?"
"……."
황보휘는 그 말을 부정하지 않았다. 그건 사실이니까.
"믿을 만한 사람인가?"
그 물음에 황보휘는 웃으며 대답했다.
"내가 지금까지 보아 왔던 이들 중에서 가장 재밌고, 신기하면서도, 착하면서도, 지독하고…… 아무튼, 그렇다네."

영세윤이 놀란 표정으로 말했다.

"자네가 그리 평한 자는…… 황제 폐하 이후로는 처음이로군."

"……."

"그리고 자네가 그리 말한다는 건, 믿을 만하다는 의미지."

조금 민망해진 황보휘는 그를 재촉했다.

"그래서 나를 왜 불렀냐니까?"

"보름만, 이 학관을 부탁하네."

"뭐?"

"아무래도 가문에 일이 터진 듯해. 그래서 잠시 가문에 다녀와야 할 듯하네."

"후, 그래서 나에게 학관을 맡긴다고?"

"자네도 알다시피 학관을 맡길 만한 사람이 자네밖에 없네."

"……."

"나도 가문에 가 보고 싶진 않지만, 가문이 망하면 가장 먼저 이 학관의 존속이 어려워지니 어쩔 수 없지 않나?"

결국 황보휘는 못 이긴 척 고개를 끄덕였다.

"알겠네."

그리 대답한 그는 말을 이었다.

"대신 말이지……."

* * *

위 조교의 뒤를 따라 접빈실에서 나온 나와 정호 형은 잠시 말이 없었다.

위 조교가 먼저 입을 열었다.

"이렇게 만나게 될 줄은 몰랐습니다."

"그렇군요."

정호 형의 대답에 그가 몸을 돌려 정호 형을 보더니, 포권하여 고개를 숙였다.

"우선, 그때 제가 무례를 범했던 것을 사과드립니다. 제 철없던 시절의 행동을 부디 용서해 주십시오."

그 말에 정호 형은 나를 보았다. 나는 고개를 끄덕여 주었다.

이에 정호 형도 포권하며 고개를 숙였다.

"저는 이미 다 잊었으니, 괘념치 마십시오."

"감사합니다."

"다만……."

"……?"

"제 내자의 마음은 잘 모르겠습니다."

"아……."

그는 이해한다는 듯, 안타까운 표정을 지었다.

"지금 생각하면 제가 당시 어떻게 그런 파렴치한 말을 마구 했는지 이해가 되지 않습니다. 하지만 어쩌겠습니까? 당시의 제가 했던 행동이 없던 일이 되는 건 아니잖습니까?"

그건 그렇지.

정말 제대로 갱생했네.

"그러니 저는 최대한 속죄를 위해 노력할 겁니다. 부디 그리 전해 주십시오."

"알겠습니다."

"그럼. 학관을 안내해 드리겠습니다."

정인학관의 규모는 생각보다 컸다.

"저곳이 기숙사이고, 저곳은 강의가 이루어지는 곳입니다. 그리고 저곳은……."

위 조교는 학관의 건물들을 하나하나 안내해 주었다.

그때였다.

어? 이거…… 술 냄새인데?

나는 위 조교에게 물었다.

"오늘 무슨 연회라도 있는 겁니까?"

"네? 갑자기 그게 무슨 말씀이십니까."

"술 냄새가 나서 말입니다."

그 말에 위 조교의 눈초리가 매서워졌다.

"그곳, 어디입니까?"

나는 손을 들어 옆을 가리키며 말했다.

"저쪽에서 납니다."

위 조교는 그쪽으로 다가가며 후각에 집중하더니, 이내 고개를 주억거렸다.

"과연…… 정말 술 냄새군요."

그러고는 곧바로 그쪽으로 달려갔고, 그쪽에서 소란이 일었다.

"으악! 야차다!"

"여긴 모를 줄 알았는데!"

"시끄럽습니다! 여기서 술병 까는 거 모를 줄 알았습니까?"

퍽-!

퍼버벅-!

그리고 잠시 후, 위 조교가 돌아왔다.

저거 얼굴에 묻은 거…… 핏방울인 거 같은데?

그는 씩 웃으며 말했다.

"아직 연차가 낮아서 저런 시도를 하는 겁니다. 삼 년 차만 되어도 저런 멍청한 짓은 하지 않는데 말입니다."

그때 저쪽에서 마차 한 대가 다가왔다.

왠지 낯이 익은 마차다.

그걸 본 위 조교가 말했다.

"아, 오늘 신입생이 들어오는 모양입니다."

곧 마차가 멈추고 문이 열렸다. 그리고 그 안에서 한 소년이 끌려 나왔는데…….

"이 자식들아! 여긴 어디야? 왜 이런 곳에 끌고 온 거야?"

그걸 보며 위 조교가 말했다.

"이번 신입생은 비교적 얌전하군요."

저게 얌전하다니, 도대체…….

그때 나를 부르는 목소리가 들렸다.
"서호야."
"네?"
고개를 돌려보니 잡화점의 노인이다.
"잠시 이야기 좀 하자꾸나."

.

.

.

잠시 후.
내가 잡화점 노인을 따라 도착한 곳은, 관주님의 집무실이다.
"여기, 관주님의 집무실 아닌가요?"
"맞다."
대체 왜 나를 여기로 부르신 거지…….
그렇게 의아해하고 있는데, 어르신이 다짜고짜 관주님의 집무실 문을 여셨다.
"어……."
너무 무례한 거 아닌가 우려했는데, 안에는 아무도 없었다.
"뭐 하냐? 안 들어오고?"
"아, 네. 들어갑니다."
"문 닫아라. 춥다."
"네……."
나는 문을 닫았다. 그 사이에 어르신은 관주님의 서탁

옆의 의자에 털썩 앉으셨다.
"거긴, 관주님 자리 아닙니까?"
"맞다. 그리고 앞으로 보름 동안은 내가 관주다."
"네?"
"내가 관주 대리라고. 그 녀석이 가문에 일이 있어서 잠시 가문에 다녀와야 한다고 해서 말이지."
"그렇군요."
아, 그래서 어르신이 이곳에 오신 거구나.
영세윤 관주님의 가문이라고?
이 근방에 영씨로 이루어진 가문이…….
이내 한 가문이 떠올라 조심스럽게 물었다.
"어르신, 혹시 관주님의 가문이 강주 영씨 가문인가요?"
"맞다."
나는 내 이전 삶에 있었던 일을 떠올렸다.
강주 영씨 가문은 나름 역사와 전통이 있는 가문이었지만, 사소한 문제 하나가 점점 커져서 결국 가문이 무너졌다.
지금의 관주님이라면 가문에서 제법 높은 위상을 가지고 계실 거다.
그러니 가문의 지원을 넉넉하게 받을 수 있었을 텐데, 가문이 무너지면서 그 지원이 끊겼을 테고.
그래서 이 학관의 운영이 힘들어진 것이겠구나.
"그런데, 저를 왜 부르신 겁니까?"

"보름 정도 시간 있느냐?"
"제가 시간이 있겠스……."
"없어도 시간 내라."
그리 물으실 거면, 시간이 있냐고 왜 물으셨습니까?
내가 속으로 투덜거릴 때 어르신이 웃으며 말씀을 이으셨다.
"그 녀석이 가문으로 갈 때 이곳의 조교를 몇 명 데리고 간다고 하더군."
"그렇군요."
"그래서 인력이 부족하다. 그래서 말인데, 보름 동안 조교 좀 해라."
"네?"
나는 머리를 긁적였다.
"음, 솔직히 저는 관주님이랑 같이 가문에 다녀오라고 할 줄 알았습니다."
"왜?"
"그야, 어르신이 관주님을 생각하는 마음이 깊으니까요?"
내 말에 어르신은 하하 웃으셨다.
대답하지 않으시는 것을 보니, 내 추측대로다. 아까 어르신이 관주님과 대화하실 때 어르신의 눈빛에 담긴 건 신뢰와 애정이었다.
"그래서, 걱정되는 마음에 저에게 그리 부탁하실 거라고 생각했거든요."

"엉뚱한 거 짚었다."
"제가 생각해도 그러네요."
"그 녀석이 지금까지 부러트린 검이 몇 개인데……."
그렇다면, 이걸 말씀드려야겠네.
"저, 어르신. 제가 일전에 들은 말이 하나 있습니다. 혹 관주님께서는 이미 출발하셨습니까?"
"아니. 내일 아침에 출발할 거다."
"그러면, 관주님께 이 말 좀 전해 주세요. 가보를 잘 지키시라고요."
내 말에 어르신은 눈에 이채를 띠며 대답하셨다.
"반드시, 전해 주도록 하마."
"감사합니다."
역시, 어르신은 내게 아무것도 묻지 않으셨다.
내 기억에 관주님의 가문에서 생긴 문제의 원인은 가보였다.
이렇게 따로 언질을 줬으니 잘 해결하시겠지.
어르신이 인정할 정도의 강자이니 문제도 생기지 않을 거고.
"그래서, 내가 제안한 보름 동안의 임시 조교 역할은 수락하는 것이냐?"
어르신의 물음에 나는 한숨을 내쉬며 대답했다.
"제가 싫다고 해도 저에게 선택권은 없지 않습니까?"
"현명하구나."

다음 날,
 정호 형과 송록 시인의 가족들만 먼저 호북성 본단으로 보냈다.
 그리고 팔갑과 호위들은 짐을 챙겨서 정인학관으로 왔다. 앞으로 보름 동안 학관에서 숙식해야 했으니까.
 "이쪽으로 오십시오."
 잡화점 노인의 부탁을 받았는지 위 조교가 우리를 조교들의 숙소로 안내해 주었다.
 "이곳과 저곳을 쓰시면 됩니다."
 "감사합니다."
 팔갑이 먼저 문을 열고 들어갔고, 방을 슥 둘러본 후 말했다.
 "청소 먼저 해야 할 듯합니다요."
 사실 나에게 주어진 숙사의 방은 그리 좋다고는 할 수 없었다.
 상당히 낡았으니까.
 팔갑이 발을 디딜 때마다 마루에서 삐걱삐걱 소리가 나고 있었다.
 게다가 벽이 조금 갈라지거나 뒤틀린 곳도 있어서 찬바람이 조금씩 들어오고 있었다.
 나름 괜찮은 방을 준 것일 텐데…….
 왠지 잡화점 노인이 나에게 임시 조교를 하라고 끌어들

인 이유를 알 것 같았다.

후원을 할 거면 제대로 하라는 의미인가?

방 상태가 썩 좋지 못했는데도 팔갑은 그에 대해서는 일언반구도 하지 않고 조용히 청소를 시작했다.

역시 팔갑이다.

위 조교가 머리를 긁적이며 살짝 빨개진 얼굴로 대답했다.

"청소가 미비하여 죄송합니다. 사실 학관의 인력이 충분하지가 않아서…… 조교들의 숙사는 조교들이 직접 청소를 하기에 제가 대충 치우긴 했습니다만……."

이에 나는 웃으며 손을 내저었다.

"마음 쓰지 마세요. 충분히 깨끗하네요. 단지 팔갑의 기준이 좀 높아서 그런 겁니다. 그리고 조교들이 직접 청소해야 한다면 그에 따라야지요."

나는 말을 이었다.

"그럼, 청소를 하는 동안 자세한 설명을 듣고 싶습니다만."

"알겠습니다."

위 조교가 핵심을 간략히 설명해 주었다.

우선 이 정인학관의 교육과정은 기본 삼 년이라고 한다.

"기본이 삼 년이라고 하면, 추가 교육이 있을 수도 있다는 의미입니까?"

"그렇습니다. 제대로 교육이 되어 있지 않다고 판단되

면 추가로 삼 년을 더 교육받아야 합니다."

"……."

나는 위 조교가 이렇게 바른 사나이가 된 이유 중 하나를 알 것 같았다.

그런데 어제 위 조교가 했던 "아직 연차가 낮아서 저런 시도를 하는 겁니다. 삼 년 차만 되어도 저런 멍청한 짓은 하지 않는데 말입니다."라는 말대로라면 추가로 삼 년을 더 교육받는 이들도 제법 된다는 건데?

"주로 오전에는 글공부를 하고 오후에는 전문 분야를 공부합니다."

위 조교는 이곳에서 무엇을 배우는지에 대해서도 설명해 주었다.

"모든 수업은 수준별로 나눕니다. 그래서 오전의 글공부 같은 경우 글을 아직 모른다면 글을 먼저 익히고, 소학과……."

"잠시만요. 소학은 어린아이가 배우는 거 아닙니까? 아니, 그보다 이곳에 입관하는 이들 중에 아직 글을 떼지 못한 이들도 있는 겁니까?"

내가 알기로 이곳의 입관 가능 최소 연령이 열다섯 살이다. 이곳은 여러모로 특수한 곳이니까.

"……."

말없이 나를 바라보는 그 눈빛에서 나는 대답을 들은 것 같았다.

"뭐, 그렇군요."

하긴, 이곳에 보내질 정도면 어지간히 망나니였을 텐데, 글공부를 제대로 했겠는가?

아무튼, 글공부는 그렇게 수준을 나누어서 천자문부터 사서삼경까지를 교육한다고 한다.

"점심을 먹은 후에는 각자의 전문 분야에 맞춘 교육을 합니다만, 저희 역량이 부족하여 그 교육은 솔직히 무공에 집중되어 있습니다."

위 조교는 몸을 돌려 나를 보며 말했다.

"하지만, 이 세상은 무공을 익힌 사람들로만 이루어져 있는 건 아니잖습니까? 여력이 닿는 대로 농사짓는 법도 가르치고 또 상계에서 일할 수 있도록 계산하는 법도 교육하고 있습니다."

"그렇군요."

그 말에 내 머리가 돌아가기 시작했다.

이곳에 우리 학관에서 직원을 파견하여 체계적으로 교육을 한다면?

그러면 내가 원하는 인재를 더 빨리, 많이 얻을 수 있지 않을까?

내가 그런 생각을 하는 동안, 위 조교의 말이 이어졌다.

"그리고 저녁을 먹은 후 인성교육 시간이 있습니다."

"인성교육이요?"

"아시다시피 이 학관의 관생들의 인성은 그다지 좋다고는 할 수 없으니까요."

그건 그렇지.

문제가 있는 이들만이 입관하는, 갱생전문 학관이니까.

"인성교육은 관주님께서 직접 맡아서 하십니다."

지금 관주님께서는 출타 중이시니, 관주 대리로 계신 잡화점 노인께서 진행하시겠군.

"인성교육이 끝나면, 개인 일과 시간을 가진 후 해시(亥時:21~23시)가 되면 취침 시간입니다. 인원 점검 후 불이 꺼집니다."

위 조교가 말을 이었다.

"피치 못할 상황을 제외하고는 취침 시간부터 다음 날 묘시(卯時:05~07시)까지는 기숙사 밖으로 나가지 못하는 것이 원칙입니다."

"그렇군요."

"이때부터 조교들이 바빠지는 시간입니다."

"네? 잔업이라도 있는 겁니까?"

"잔업이라면 잔업일 수도 있지만, 본질적인 역할이라고도 할 수 있습니다. 교칙에 위배되는 행동을 계도하는 것 말입니다. 밤이면 어떻게 기숙사에서 나왔는지, 몰래 기숙사를 빠져나와 일탈 행동을 하는 이들이 무척 많습니다."

"그럼 어떻게 계도합니까? 잘 타일러서 돌려보내면 됩니까?"

내 말에 위 조교가 피식 웃었다.

"그럼 오히려 조교를 두들겨 패지 않을까요?"

나는 어제 위 조교가 학관에서 술을 마시던 관생들을 향해 목검을 휘둘렀던 것을 떠올렸다.

"그런데 혹시, 별호가 야차이십니까?"

내 물음에 그는 헛기침을 했다.

"힘, 험험…… 아무튼 이곳에 입관하는 관생들 대부분이 스승을 스승으로 생각하는 자들이 아닙니다. 스승께 손찌검해서 강제 출관 처리되어 이곳에 온 이들이 반 이상입니다."

"……."

위 조교는 나에게 두루마리 하나를 건네어 주었고, 나는 그것을 펼쳐 보았다.

그건 교칙이었다.

[허락 없이 학관을 나가지 말 것]

[훈도 및 조교에게 폭력을 휘두르지 말 것]

[학관 내에서 술을 마시지 말 것]

[학관 내에서 연초를 피우지 말 것]

[함부로 다른 여자와 동침하지 말 것] 등등이 적혀 있었다.

"그 교칙을 위반하는 행동을 하는 관생을 발견하시면 주저 없이 패시면 됩니다."

다른 학관에서는 생각조차 할 수 없는 교칙들이다.

나는 관주님께서 누군가 이 학관의 운영에 간섭하려는 것을 상당히 싫어하시는 이유를 알 것 같았다.

이곳은 특수한 곳이다.

평소 위아래를 구분하지 않고 폭력을 휘두르며 제멋대로 살던 이들이 입관하는 곳.

그런데 그들에게 평범한 교육이 통할까?

물론 평범한 이들에게는 말로 잘 타이르는 평범한 교육만으로도 충분하다.

하지만 이미 때를 놓쳐 버린 개망나니들에게는 개망나니만의 교육 방법이 있는 거다.

그리고 솔직히, 정인학관의 관생들이 처맞는 건 하지 말라는 것을 하기 때문이다.

맞기 싫으면, 교칙을 잘 지키면 되는 거 아닌가?

그렇게 교칙 외에도 조교로서 해야 할 일 등에 대해 설명을 들었고, 내 계획에 전혀 없던 보름 동안의 조교 생활이 시작되었다.

.
.
.

잡화점 노인이 나에게 보름 동안 임시 조교가 되어 달라고 한 이유 중 하나가 바로 수업 때문이었다.

관주님이 가문으로 가실 때 함께 가게 된 이들 중 하나가 간단한 계산을 가르치는 훈도라서 말이지.

점심을 먹은 후 나는 강의실로 향했다.

내가 가르치게 된 건 초급 계산이다. 초급 계산이라면…… 일 년 차 관생들인가?

어떻게 가르칠지 고민하며 강의실로 향하던 나의 발걸음이 멈추었다.

- 주군, 드릴 말씀이 있습니다.

그때 진유 무사의 전음이 들렸고, 그는 나에게 아주 중요한 정보를 알려 주었다.

이 자식들이……

진유 무사를 미리 보내서 분위기를 살피라고 한 보람이 있었다.

훈도들과 조교들이 조심하라고 경고한 이유가 있구나.

* * *

제 삼 강의실.

그곳에 모인 이들은 일 년 차 관생들이다.

그리고 기본적으로 계산은 어느 정도 할 수 있어야 한다는 관주의 교육 이념 아래 모든 일 년 차 관생들이 필수적으로 들어야 하는 수업이기도 했다.

그리고 정인학관의 일 년 차 관생들답게, 수업에는 별 관심이 없었고 오늘 새로 수업에 들어온다는 조교에 대한 관심이 더 컸다.

"야! 들었냐? 오늘 수업하는 훈도, 다른 사람이라면서?"

"나도 들었어. 조교라던데?"

"엄청나게 잘생겼던데. 혹시 여자 아닐까?"

"그럴 수도 있겠다."
"어떻게, 오늘 한 번 울려 볼까?"
"방법이 있냐?"
그렇게 그들은 수군거리며 계획을 짰다.
조교가 들어오면 다짜고짜 선빵을 날리고 강제로 옷을 벗기자는 아주 파렴치한 짓이었다.
"아직 경계심이 없을 거 아니야?"
"오늘 오랜만에 좋은 구경거리 생기겠네?"
그들이 킥킥거리고 있을 때, 문틈으로 망을 보고 있던 한 관생이 외쳤다.
"야! 조교 온다!"
"준비해!"
일 년 차 관생들의 반 이상이 무가의 자제들이기에 어느 정도 몸 쓰는 건 자신이 있었다.
문제는 그것을 전혀 올바르지 않은 곳에 쓰고 있다는 것이지만.
문이 열림과 동시에 한 관생이 은서호를 향해 주먹을 날렸다.
탁!
하지만 그 주먹은 어처구니없을 정도로 쉽게 막혔다.
"하나에 하나를 더하면?"
"헉!"
"틀렸습니다!"
뻐억-!

그 말과 동시에 은서호의 발은 그의 정강이를 걷어찼고, 동시에 다른 관생이 휘두르는 주먹을 막으며 물었다.
"하나에 두 개를 더하면?"
"……."
뻐억-!
은서호의 발길질은 결코 가볍지 않았고, 정강이를 걷어차인 이들은 하나같이 그 자리에 주저앉아 끙끙거렸다.
"세 개에 두 개를 더하면?"
"다, 다섯입니다!"
"정답입니다."
정답을 맞춘 관생은 맞지 않았고, 가슴을 쓸어내렸다.
그렇게 모든 관생에게 간단한 계산 문제를 내준 은서호는 교단 위에 섰다.
관생들의 오분지 삼이 그 자리에서 끙끙거리고 있었고, 그걸 보며 은서호가 씩 웃었다.
"제 이름은 은서호입니다. 보름 동안 여러분에게 기초 계산을 가르치게 되었습니다. 우리 아주 재밌게 수업을 해 보죠."
은서호의 표정을 본 관생들은 몸을 부르르 떨었다.
자신들의 앞날을 직감한, 본능적인 두려움이었다.

.

.

.

내가 이 학관에서 훈도들과 조교들을 만나며 느낀 점

은, 그들은 하루 종일 긴장하고 있다는 것이다.
 언제 어디서 관생들이 공격해 올지 모르니까.
 이에 억울한 생각이 들었다.
 왜 훈도들과 조교들만 긴장하고 있어야 하는지 말이다. 관생들도 긴장하고 있어야 공평한 거잖아.
 그래서 나는 내가 초급 계산의 수업을 담당하고 있다는 것을 활용하여 관생들에게 긴장감을 주기로 했다.
 내가 관생들에게 물은 건 열 살 먹은 아이도 알 수 있을 정도로 간단한 셈이다.
 하지만 긴장을 늦추고 있다면 갑작스러운 질문에 버벅거리게 마련이고, 그 대가는 내게 정강이를 맞는 것이다.
 내가 너무하다고?
 진유 무사의 말에 의하면 모든 일 년 차 관생들이 작당 모의한 일이다.
 자업자득 아닐까?
 수업이 시작되었다.
 "여기 한 상인이 비단 한 필을 은자……."
 "쿠울…… 쿠울……."
 "……?"
 나는 말을 하다 말고 고개를 돌렸다.
 한 관생이 대놓고 졸고 있었다.
 그러자 다른 관생들이 이를 보며 키득거렸다.
 아직도 정신을 못 차렸네.
 나는 씩 웃으며 그에게 다가갔다.

"지금 수업 시간입니다. 일어나십시오."
"에이, 씨! 뭐야?"
"다섯에 하나를 빼면?"
"시끄…… 컥-!"

그의 말은 이어지지 않았다. 내 발이 그의 정강이를 찼기 때문이다.

끙끙거리는 그를 보며 나는 미소 지었다.

"두 개에 두 개를 더하면?"
"무슨 개소…… 크헉!"
"세 개에 하나를 더하면?"
"네! 네 개요!"
"정답입니다. 앞으로 수업 시간에 조는 건 안 봐줍니다."
"……."
"대답?"
"네……."

그렇게 그 관생은 정강이를 두 번이나 걷어차이고서야 항복 선언을 했다.

힘을 그다지 크게 쓴 건 아니지만, 아까 찬 데를 또 찬 거라서 제법 아플 거다.

게다가 이번에 진영 대협에게 배운 수법의 묘리를 더해서 위력도 약하지 않고.

"혹시, 누군가의 정강이를 차야 할 일이 있을 때 사용해 보게나. 이게 황궁 무공의 응용인데 말이지……."

 주로 금의위 대협들이 범죄를 저지른 이들을 제압할 때 사용하는 방법이라고 했다.
 그런 수법으로 관생들의 정강이를 차는 게 너무한다고 생각할 수도 있다.
 하지만 뭐든 어떻게 사용하느냐에 따라서 달라지는 거 아닐까?
 관생들의 계도를 위해 사용한다면, 관생들의 계도를 위한 방법일 뿐이다.

* * *

 수업이 끝났다.
 일 년 차 관생들은 서탁 위에 엎어졌다. 얼마나 집중해서 수업을 들었던지, 기운이 하나도 없었다.
 그리고…….
 정강이가 마치 불타는 것처럼 아팠다.
 하지만 막상 바지를 걷어 보면 딱히 상처도 없으니, 환장할 노릇이었다.
 "뭐야, 저 조교……."
 "젠장!"
 관생들이 짜증을 내며 푸념할 때, 그들과 다른 감정을 느끼는 이가 있었다.

바로 금의위 소속 무사를 아버지로 둔 연식이라는 관생이었다.

그는 아직도 정강이에서 느껴지는 고통에 계속해서 정강이를 문질렀다.

그리고 동시에 이전 기억을 떠올렸다.

'이, 이건 분명…… 아버지께 혼날 때…….'

마음이 약한 아버지셨지만, 그가 쳤던 몇몇 사고에 아버지는 크게 화를 내셨었다.

그때 아버지에게 정강이를 걷어차인 적이 있었는데 그때 느꼈던 것과 비슷한 고통이었다.

아니, 아픈 건 지금이 훨씬 더 아팠다.

그가 알기로는 이건 금의위의 수법이다.

'하지만 저 조교가 금의위 사람인 것 같지는 않은데…….'

저녁 시간이 되었다.

연식은 자신이 어울리는 패거리들과 함께 식당으로 향했다.

밥이 맛이 없어도, 돈과 외출이 제한되어 있으니 어쩔 수 없이 식당으로 와서 밥을 먹어야 했다.

"하아, 오늘도 더럽게 맛없네."

"그러니까."

"여기서 저 거지 같은 밥을 먹으니까 나도 덩달아 입맛의 수준이 떨어지는 것 같단 말이지. 내가 이 학관에 들어오기 전에는 미식가로 이름을 날렸는데……."

"천화루의 고기볶음 먹고 싶다."

그들은 그렇게 불평을 토로하며 기숙사로 향했다.

그 길목에는 조교들의 기숙사가 있었고, 그들이 조교 기숙사를 지나갈 때였다.

"팔갑아, 좀 더 높이 던져 봐."

"알겠습니다요."

그 목소리에 고개를 돌려보니, 곰을 닮은 한 남자가 열 개가 넘어 보이는 나무판자를 공중으로 던졌다.

그리고 낯익은 얼굴의 미남자가 발을 구르더니 순식간에 허공으로 솟구쳤다.

새로운 조교인 은서호다.

그는 몸을 돌려 발로 그 나무판자를 후려쳤다.

빠악-! 빡-!

경쾌한 소리와 함께 공중으로 던져진 모든 나무판자는 산산이 부서져 내렸다.

은서호가 가볍게 착지했다.

"도련님, 그런데 왜 갑자기 각법에 집중하시는 겁니까요?"

"아, 요즘 각법을 쓸 일이 많을 것 같아서 말이지."

"……."

그걸 본 연식 패거리는 아까 맞았던 정강이에 다시금 통증이 느껴지는 듯한 착각에 움찔했다.

한편, 그걸 본 연식의 몸은 다시금 덜덜 떨렸다.

아깐 긴가민가했지만, 이렇게 보니 확실하게 알 것 같았다.

방금 은서호가 쓴 무공은 분명 아버지가 쓰시던 무공이다.

황궁 무공.

그 말은 즉…….

'저 조교님도 아버지처럼 금의위에 속해 계신 분이라는 거잖아!'

그의 아버지가 유독 자신에게 약해서 오냐오냐해 주실 뿐이지, 아버지가 얼마나 무서운 분인지 잘 알고 있다.

금의위 무사들 역시 마찬가지.

.

.

.

그렇게 날이 저물었다.

인성교육 시간이 끝나고, 개인 정비 시간.

관생들은 오늘 밤 몰래 빠져나갈 계획을 세우고 있었다.

"야, 오늘 요거, 어때?"

"캬! 좋지!"

밤에 몰래 빠져나가 술을 마시자는 말에 관생들은 반색했다.

술이라는 말에 침이 고이기 시작했다.

"어때, 연식아."

"그거, 별로 좋지 않은 생각 같은데?"
"무슨 뜻이야?"
"어쩐지 감이 좋지 않아서 말이야. 오늘은 날이 아닌 것 같아. 너희도 오늘은 몸을 좀 사려라."
"왜? 그 계집애같이 생긴 조교 때문에?"
"아직 학관 구석구석에 뭐가 있는지도 모를 텐데, 별걱정을 다 한다."
"이 새끼, 이제 보니 겁쟁이네?"
"하아……."
연식은 자신을 겁쟁이라고 조롱하는 이들을 보니 슬슬 열 받기 시작했다.
'내가 이런 새끼들을 친우라고…….'
그는 한숨을 내쉬며 말했다.
"내가 겁쟁이든 뭐든 맘대로 생각하고, 아무튼 나는 경고했다. 나중에 후회해도 난 모른다."
그렇게 취침 전 인원 점검 후 불이 꺼졌고, 계획대로 일 년 차 관생들은 슬그머니 기숙사를 빠져나왔다.

* * *

기숙사의 불이 꺼졌다.
이제 조교 본연의 업무가 시작될 시간이다.
나는 하늘에서 환하게 빛나고 있는 달을 보았다.
아, 오늘 불량한 관생들 계도하기 좋은 날이네.

"은 조교님."
"네."
"그럼, 수고하십시오."
"아, 네."
나는 위 조교를 돌려보내고 기숙사 쪽을 살폈다.
곧바로 웃음이 나왔다.
기숙사를 빠져나오는 기척이 느껴졌기 때문이다.
"와, 저런 곳에 개구멍이 있었네요."
내 말에 서우 무사도 피식 웃었다.
"그러게 말입니다."
그나저나 저 개구멍을 관주님이 모르실 리가 없을 텐데, 왜 남겨 두셨을까?
그 이유는 나중에 관주님께 여쭤보기로 하고.
"그럼, 잡으러 가 볼까요?"
그렇게 나는 서우 무사와 여응암 무사를 대동하고 본격적으로 움직이기 시작했다.
"저기 있네요."
반각도 되지 않아 탈주한 관생들을 따라잡는 데 성공했다.
그런데 이쪽으로 가면 들킬 테고…… 지붕을 통해 접근해야겠군.
우리는 지붕과 벽을 타고 움직였고, 강의실 옆에서 술을 마시는 이들을 발견했다.
"지금 뭐 하시는 겁니까?"

"흐익!"
"뭐, 뭐야?"
"엄마야!"
아니, 왜 저렇게 깜짝 놀라는 거야?
아, 하긴 그럴 만도 하네.
일부가 망을 보면서 몰래 술을 마시고 있는데, 그곳이 아니라 전혀 엉뚱한 곳에서 나타난 셈이니.
그건 그거고, 계도는 계도다.
"음주는 교칙 위반입니다."
"아 씨! 그래서 뭐?"
"아니, 조교님, 계도하는 것도 상황을 좀 봐 가면서 하시죠?"
"우리에게 쥐어 터지고 울지 말고 꺼지세요."
아…….
위 조교가 다짜고짜 목검을 휘둘렀던 이유가 있었다. 이런 개소리를 듣지 않으려는 거였구나.
나는 지금 받은 목검을 들며 한숨을 내쉬었다.
"제가 사실, 폭력을 그다지 좋아하지는 않습니다."
"꾸이?"
내 말에 옷소매에서 금령이의 목소리가 들렸다. 험험, 조용히 해.
"아, 정정하죠. 저는 사람에게는 폭력을 휘두르지 않습니다. 사람은 말로 상대하죠. 하지만…… 그러다 보니 깨달은 것이 있습니다."

나는 빙긋 웃었다.
"때로는 사람의 모습을 하고 있지만, 사람 취급을 해서는 안 되는 자들도 있다는 것을 말입니다. 그러니 제 손속이 너무 지독하다고 원망하지 마십시오. 사람답게 되면 저도 말로 상대해 드릴 테니까요."
그와 동시에 내 신형은 그들에게 쏘아져 나갔다.
퍼억-!

.

.

.

나의 예정에 없던 조교 생활은 나름 순탄하게 흘러가고 있었다.
내 일과가 주로 오후에 집중되어 있다 보니 오전은 상대적으로 한가했다.
아침 식사를 마치고 내 기숙사에 돌아가 차를 마시려고 할 때였다.
"관주 대리님께서 아침 식사를 마치고 잠시 집무실로 오라고 하셨습니다."
"아, 그런가요? 알려 주셔서 감사합니다."
나는 즉시 관주님의 집무실로 향했다. 앞에 시립해 있는 이들이 없기에 내가 직접 안에 고해야 했다.
"어……."
"왔으면 들어와라."
내가 온 것을 아셨는지, 어르신의 목소리가 들렸다.

나는 머리를 긁적이며 안으로 들어갔다.
"부르셨습니까?"
"앉아라."
내가 다탁 앞의 의자에 앉자, 어르신께서 조용히 나를 바라보셨다.
관주님의 대리로 자리에 앉아 계시는 게 어색해 보이지 않아서 뭔가 새삼스러웠다.
"차 마실 테냐?"
"네."
어르신께서 직접 차를 우려 내주셨다.
찻잔을 입에 대 보자, 이전에 마셨던 차와 같은 차다.
그때.
"요즘 관생들에게 '흑백무상'으로 불린다지?"
"콜록콜록!"
난데없이 훅 들어온 말에 사레가 들렸다.
"조심해서 마시지, 쯧쯧."
"아니, 어르신께서 갑자기 그런 이야기를 하시니까……."
"왜? 나는 칭찬한 건데?"
"그게 칭찬입니까?"
"이 학관의 관생들이 그만큼 두려워한다는 의미 아니냐?"
흑백무상은 죽은 자를 저승으로 데리고 간다는 두 명의 사자이다.

"훈도들과 조교들 사이에서도 네 칭찬이 아주 자자하더구나."

"아, 네······."

"그건 그렇고, 내가 너를 부른 건 부탁이 있어서다."

어르신은 나에게 서신 하나를 건네주었고, 나는 그걸 받아 펼쳐 보았다.

"혼인입니까?"

"그래, 맞다. 관생의 누이 중 하나가 혼인을 한다고 하더구나. 이 학관의 방침상, 관혼상제의 경우 집에 들렀다 와야 하지."

"그렇군요."

"그래서 말인데 네가 그 관생을 데리고 다녀와야겠다."

나는 잠시 그 서신을 바라보다가 말했다.

"혹시 혼인 같은 것을 빌미로 집으로 갔다가 돌아오지 않는 경우가 있어서 그런 겁니까?"

"사람 생각은 다 거기서 거기니까."

"그렇군요. 그런데 왜 하필 저를 보내시는 겁니까? 저도 수업을······."

"세상에 어떤 골빈 녹림이 절정 무사가 세 명이나 있는데 건드리겠느냐? 아, 그리고 수업은 내가 대신해 주마."

그러니까 나를 통해 네 명이나 되는 노동력을 공짜로 부려 먹겠다는 거다.

그런데, 어르신. 이거 공짜 아닙니다.

＊　＊　＊

　석추길은 가슴이 두근거렸다.
　'드디어! 드디어 외출이다!'
　하루하루 괴로운 시간을 보내고 있던 그에게 그의 누이의 혼인을 알리는 서신은 한 줄기 빛이었다.
　"야, 밖에 나가면, 그거 구해다 줘야 한다."
　"알겠으니까 기다리고 있어!"
　우선 밖에 나가면 술이라든지 연초 같은 것을 구할 수 있었다.
　그리고……
　'이 엿 같은 학관에 대해서 부모님께 다 일러바치고 말 거야!'
　그의 집안은 호북성에서 나름 어깨에 힘을 줄 수 있는 곳이었다.
　게다가 부모님께서도 막내인 자신을 끔찍이 아끼시니만큼, 이런 엿 같은 학관에서 당장 나오라고 하실 게 분명했다.
　시간이 되자 그는 짐을 챙겨 나왔다.
　하지만 한 사람을 보고 움찔하고 말았다.
　흑백무상이라는 별호로 불리는 조교가 앞에 서 있던 것이다.
　"석추길 관생?"
　"그, 그렇습니다."

"갑시다."

"네."

그는 관생들의 부러운 눈길을 받으며 학관을 나섰다.

"하! 좋다! 이 학관 밖의 공기!"

뭔가 공기가 새롭게 느껴졌다.

그의 집은 학관에서 마차로 사흘이 걸렸고, 사흘 동안 마차를 타고 이동했다.

그 와중에 세세한 제재가 있었는데, 특히 그가 가장 서운했던 건 객잔에서 술을 마시지 못하게 한 것이었다.

그는 은서호를 향해 증오심을 품었다.

'흥! 두고 보라지! 아버지에게 저자의 만행을 다 일러바칠 거니까!'

은서호가 아버지 앞에서 싹싹 비는 모습을 생각하자, 속이 시원해졌다.

* * *

나는 석추길 관생이 실실 웃는 모습을 보고는 한숨을 내쉬었다.

그 머릿속이 뻔히 보였으니까.

"도착했습니다."

곧 마차가 멈추었고, 우리는 마차에서 내렸다.

우리 앞에는 멋들어진 기와집 한 채가 있었다.

그리고 그 문에 달려 있는 현판.

환상이 숨쉬는 공간 파피루스 blog.naver.com/gnpdl7

『백면야차는 죽어야 한다』

『바바리안』, 『망향무사』 성상현의 자신작!

『회생무사』

마교 부교주, 백면야차(白面夜叉)의 직속 수하이자
무림맹의 간자로서 활동했던 장평

토사구팽의 위기에서
회귀의 실마리를 잡게 되었지만

"모든 비밀은 마교 안에 있다."

다시 찾은 약관의 나이
진정한 의미의 새로운 삶을 찾아가기 위해서는
백면야차의 죽음만이 필요할 뿐이다.

새로운 시대의 영웅이 될 장평
평온한 삶을 추구하는 한 남자의 복수극이 시작된다!

어라?

어쩐지 석추길 관생의 얼굴과 이름이 낯이 익다 싶더니.

나는 지금, 내 이전 삶의 인연을 마주했다.

(은해상단 막내아들 14권에서 계속)